# 玉米味的月光

胡静 著

黄河出版传媒集团
宁夏人民出版社

**图书在版编目（CIP）数据**

玉米味的月光 / 胡静著 . — — 银川：宁夏人民出版
社，2023. 11
ISBN 978-7-227-07887-6

Ⅰ . ①玉… Ⅱ . ①胡… Ⅲ . ①散文集 – 中国 – 当代
Ⅳ . ① I267

中国国家版本馆 CIP 数据核字（2024）第 021307 号

# 玉米味的月光
**YUMIWEI DE YUEGUANG**

胡静 著

责任编辑　陈　晶
责任校对　杨敏媛
封面设计　王敬忠
责任印制　侯　俊

黄河出版传媒集团
宁夏人民出版社　出版发行

出 版 人　薛文斌
地　　址　宁夏银川市北京东路 139 号出版大厦（750001）
网　　址　http://www.yrpubm.com
网上书店　http://www.hh-book.com
电子信箱　nxrmcbs@126.com
邮购电话　0951-5052104　5052106
经　　销　全国新华书店
印刷装订　宁夏凤鸣彩印广告有限公司
印刷委托书号　（宁）0028305

开　　本　710 mm×1000 mm　　1/16
印　　张　14.5
字　　数　160 千字
版　　次　2024 年 2 月第 1 版
印　　次　2024 年 2 月第 1 次印刷
书　　号　ISBN 978-7-227-07887-6
定　　价　39.00 元

# 守望的家书

季栋梁

胡静的作品近几年频频见诸报刊，悉心阅读之后，感觉文章结构严谨，素材把控有度，不是信笔而走，本以为是有些年龄与阅历的作者，结识后才知道是一位"九〇后"女作家。

胡静的作品主要是散文。胡静的散文写作，完全呈现了在场主义风格，这与她的生活经历有关。所谓在场主义，简要地说即精神根源扎在今天的生活之中，思考当下生活的人文意义。胡静出生于宁夏西海固地区，从小生活在农村，艰难地完成基础学业后，终于考上了大学，却被她一点儿都不喜欢的专业录取，几次想告诉父亲：自己再补习一年，保证考个好大学，选择自己喜欢的专业。可是拨通父亲的电话后，她却张不开口了，因为哥哥也在外地上学，母亲的眼睛几乎失明，父亲一个人承受着这个家庭的重担，怎能再增加父亲的压力？犹豫再三，她只好违心地就读自己并不喜欢的专业。大学毕业后，她又回到了农村，也就是说，她又返回了原点，一切都必须从头开始，必然要遭遇更多的磨砺，包括心灵的击打和创伤。这就是命运，对一个没有任何优越的社会背景的人而言，其实也很正常。初中二年级的时候，胡静就在报纸上发表了处女作《善待生命》，虽然文笔还显稚嫩，但非常可贵。事实是从此开始，或者说从出生到谋生，文学的种子已经在她的心灵深处悄然萌芽，写作是对她最好的慰藉，只是并不自知罢了。《善待生命》发表之后，在校园内引起了不小的动静：一个叫胡静的女孩，被学校的大喇叭一遍遍高喊着名字，让她去拿稿酬，这不要说对于她个人，对于整个学校，都是很惊奇的一件事情。在当时那个年代，五十元稿费，尤其对于一个贫寒人家的孩子，不是小数目，的确能够解决一时之困。更重要的还在于精神层面，这是多么大的鼓舞啊！她既兴奋又胆怯，竟然失眠了大半夜，凌晨五点起床，把柜子翻遍了也找不到一件自己满意的衣服。情急之中，偷偷地穿走了刚打工回来的姐姐的那件还算时尚的衣服，她要庄重地去领取自己人生的第一笔稿酬……这就是为什么我们阅读胡静的作品，总有一种质朴而浓郁的生活气息扑面而来，乃至字里行间流露的或浓或淡的忧伤，以及一个弱女子内心涌动的诸多感慨、无限叹惋。从胡静的作品中，我们能够体会到艰辛困顿的生活和命运多舛的人生经历，写作是她最为贴心的精神寄托。

最基层的人生经历，让胡静有着独特的生活体悟。她在《我写罗山》中说："写作的过程，就是向生活交付的过程，交付你的青春、胆怯和赤诚，袒露你的卑微、伤痛和无奈。你能行走多远路程，领略多少风景，赢得多少共鸣，决定于你交付的勇气和真诚，决定于你向内心探寻、守护的程度。"譬如在《心眉》中，她叙写了这样一个故事：母亲患有黄斑前膜这种眼疾，当初没有及时治疗，后来随着年龄越来越大，已经没有治好的可能了。她让女儿带她到眼科医院去看眼病，挂号后，却坚持让医生给女儿看眼睛，因为她担心这种病会遗传，说女儿年纪轻轻眼睛就近视得这么厉害，还执意让医生给女儿开药。医生误以为自己被愚弄，很生气地将母亲数落了一顿，使得母女俩猝不及防，只好非常尴尬地走出医院。一位母亲的深沉大爱，就这样在一种极其特殊的情景里不动声色地呈现出来，出人意料。越是平实朴素的日常生活，越具有感染力，道理其实很简单，因为它真实。真实是最有力量的，包括生活的真实和情感的真实。这样的真实，自然最能够打动人心。

我们知道，作家和画家的艺术感觉是相通的。作家有时候也是画家，只不过是具体的表达方式不同。胡静用扎实的生活积累、敏锐的观察力和细腻的笔法，以文学的方式为我们描绘了一幅幅生动感人的画面，画幅不大，也不繁复，甚至很简约，画里既有山乡，也有人物，而且都是她熟悉的场景、挚爱的父母和乡里乡亲。《守望》里的奶奶柔和亲切、形象饱满，让一个历尽沧桑的老人呈现出内敛的质感，又有一种透明的张力，令人印象深刻。《归去来兮》的传统写实和田野风格，让我们看到一个遭遇内心创痛的女人，在绝境中无奈地回到家乡疗伤，终于在亲人的关怀和鼓励下重新振作精神再出发，勇敢地走向丛林密布、险象环生的社会："在家住了数日后，我身上的伤痕掉了旧疤，长出新肉。我要再次回到那个新型城镇，努力寻找一份能够养活自己的工作或者职业。"这样的作品无疑具有励志的意义，并非被人们诟病的心灵鸡汤。胡静的作品是现实的，更是当下的，携带着浓郁的泥土气息，当然其中的人物才是核心。《玉米味的月光》就是这样的作品，将月光与村庄紧密联系起来，不仅展现朴实坚韧的乡村景色，更有对故乡和亲人的深切怀念，诗意而坦诚地表达乡愁："娘突然哭开了，在银色的月光下，在空阔的院子里，她的哭声是那么细小、那么微弱。秋风乍起，淹没了娘的哭声。恰在此时，我闻到了一股玉米的味儿，朴素、清爽、香甜。再看洒遍院子的月光，似乎也被玉米的味道浸润了。玉米味的月光，真好！"笔者在这里也要赞叹一句：《玉米味的月光》真好，是一封沉甸甸的守望的家书。在胡静的笔下，有不少这样的故事，读来就像有一道利刃从心上划过，给人一种难以叙说的忧伤和诚恳。在创作的认知方面，胡静认为文学的真谛，就是借助不同的场景和人物表达自己的生命体验和情怀，因为人性是相通的，自我即他人。

他乡即故乡。胡静属于新移民中的一代人，离开祖辈世代生息的地方，从原乡西海固到了黄河岸边的红寺堡。毫无疑问，红寺堡成为她的新家乡。既然面对的是新家乡，尤其是新家乡的一员，就要在这片陌生的土地上认真地生活。事实也确乎如此，胡静在这片土地上生存了下来，从陌生到熟悉，直至融入其中，深深地爱上它。与此同时，她的人生也开始了新的历程，开始新的磨砺和考验，磕磕绊绊、起起落落。令人钦佩的是，即便是遭遇了太多的艰辛和曲折，胡静也没有放下手中的笔，而是矢志不渝，一边坚守着她的文学梦想，一边为生活奔波忙碌。尤其是在对于红寺堡移民情怀的表达上，胡静具有很强烈的自觉意识和无私奉献精神。红寺堡是中国最大的移民区，这里的移民都是她的父老乡亲，过去是，现在是，将来也是，因为他们是"命运共同体"。在《穿红马甲的女人们》《刺绣的女人》

《堡上飞出金凤凰》等作品中，将生活在红寺堡的许多人物叙写得真实、自然、朴素，当然也不乏鲜明、生动、形象。"我把写作对象锁定在我熟悉的乡村小人物，尤其是农村妇女身上。她们都有超乎寻常的忍耐力，以及对美好生活的向往，这种向往是温良的、纯洁的。"（《我与〈罗山文苑〉》）胡静说到做到，足迹走遍了红寺堡的角角落落，深深地沉入、体察和感受移民的坎坷命运和生活演变，也为她的创作积累了丰富的素材。二〇二二年，胡静出版了报告文学集《黄河水浇灌的荒原》，二十万字、三十余篇，篇篇接地气。正像她表白的那样："虽然我很渺小，也无才华，更没有开阔的思维，但是我的行走是真实而忠诚的。"客观地说，正是这部纪实文学作品集，让更多的读者知道了胡静这位生活在红寺堡的"九〇后"女作家。

胡静作品的语言很有意境，除过似浓似淡的忧伤，还蕴含着哲思和情怀。譬如"风景再好，一个人的旅行是灵魂孤独的悲伤。""每天我们也都可以回到自己的灵魂深处，洗去那生活的种种琐碎洒落的尘埃，让自己的心深呼吸、透口气。"（《谁为我红衣黑发》）"一切似乎是无言的，空蒙的云雾罩住了远处的山树，也遮住了那个大姐的背影，被生命追逐的夕阳仍行将且停在山顶，群山氤氲的墨绿被腐蚀成铁红色了，这时意象朦胧的贺兰山因彩雾的飘动真像活了一般，跌宕起伏地向夕阳奔去。"（《一路北上》）这类语句对爱、困境、孤独、变故等人生重大命题和复杂多样的情感，有着较为深入的思考和表达。其实，就文学作品的思想性和情感比较而言，情感更重要，情感永远是第一位的。在这一点上，胡静的认识是清醒的，并且鲜明地呈现在她的作品中。

《玉米味的月光》是胡静的第一部散文集，其中的作品都在报刊上发表过。结集出版之前，又对个别作品进行了仔细修改，这是一种负责任的态度，值得称道。同时也表明，她的创作还存在这样那样的问题，必须在今后的创作中认真总结，加以克服。希望胡静能够一如既往地立足养育自己的土地，坚守质朴的乡土情怀，坚守文学梦想和情感，多读书、多观察、多思考，不断丰富自己的创作库存，努力书写出新的更好的作品，奉献给这个时代和人民。

是为序。

# 目 录

# 玉米味的月光

记忆里，中秋的夜是玉米味的。

天还没亮，娘在厨房里准备早晨的干粮。菜刀在案板上舞动出悦耳的声音，能把人从美梦中抽离出来。每次听到菜刀和案板的碰撞声，我就知道要起床了。我迷迷糊糊地睁开眼睛，噘着嘴很不情愿地穿衣服。旁边的哥哥总是先伸个懒腰，闭着眼睛很痛苦地挣扎一番，最后双脚使劲地踢打着炕。这时，娘总会趴在炕头，脸贴在哥哥耳畔，轻轻地吻一下，眼角略带着泪花，静静地注视着哥哥，双手紧紧地拽着被子的一角。

我家的活真多，娘进进出出一辈子也没有干完。

我打着哈欠，整个人是半昏迷状态，在夜色中跟跟跄跄地行走。偶尔抬头，天上挂着一块明亮的翡翠，照得大地遍体光艳。庄稼地里的玉米长出了丰收的喜悦，那一片一片的玉米唰唰地响着，舞动着秋的希望。娘说早起的鸟儿有虫吃，我们半夜三更地到地里掰玉米，不知道的还以为是偷掰别人家的玉米。

那几年的玉米长势好，粗粗的秆子，籽粒饱满的棒子，一片片的玉米密不透风。娘望着一片绿地，高兴得合不拢嘴。这可愁坏了我，越是长势好的玉米掰起来越吃力。方圆百里，全是一人高的玉米。毛茸茸的刺让我先是心里一惊，待仔细看，原来玉米叶面上长满了细细的绒毛，再一摸，叶子的背面是光滑的。我家主要农作物就是玉米，所以掰玉米是常有的事。我脚尖用力地踮着，胳膊举高，右手拿着钉子在玉米棒子中间轻轻一划，玉米皮就这样脱落掉了；左手扶着玉米棒，再用力向右折，玉米就赤裸裸地出现在我的手中。娘双手的配合更为默契。她不停地掰着，汗水顺着脸颊流进眼睛里，直到模糊得睁不开时，这才撩起衣襟擦拭着额头和眼角的汗水。顺着背影望去，娘干瘦，腰弯得很厉害，身上的汗衫十分宽大。从我上初中到高中，每到天气热起来，娘一直穿着这件花格子汗衫。娘就像机器人一样，伸手、弯腰，伸手、弯腰，一直重复着这两个动作。

我刚开始还行，可掰了不到十米，就觉得手开始疼了，大一点儿的玉米费好大劲才能掰下来。娘头也不抬，专注地掰玉米，不一会儿，我就落了一大截。想快点掰，撵上娘，可越是着急越赶不上，再加上蚊子在周围捣乱，我急得满头大汗，掀下头上的草帽子，一屁股坐在地埂上，拿着草帽扇凉。我的手掌生疼，仔细一看，一双手又红又厚实，哪像姑娘家的手，我有些自怜自艾了。

我举目四望，一片苍茫的绿洲。远处的山一座连着一座，漫山遍野的菊花开出了秋的味道。我愣愣地坐着，眼睛来回地打量着田间地头，心里突然一阵酸楚，从鼻子酸到了心里。

娘从玉米地里出来，脸上灰尘糊得一道一道的，像极了《士兵突击》里的许三多。娘摘下头上的头巾，边走边拍打着身上的灰尘。太阳火辣辣的，照到脸上很疼。常年的辛苦劳作，让娘体力不支。她时不时地抬头看看天，看看我，手被玉米叶子染得翠绿，身上散发着汗的灼热。

那个时候总是很忙，娘没有太多的时间准备中秋节的饭菜。从地里回来，我饿得找了一块馍馍，又黑又硬，咬在嘴里像瓦片子，直崩牙，但还是一口开水一口馍地吃着。我望着馍馍走神，眼睛里充满了泪。娘着急忙慌地洗了几个嫩玉米棒子，放进锅里，倒了几瓢水。哥哥不停地加柴，拉着风箱，烟筒里的烟足足冒了一个小时。黄奶奶看见了，踮着小脚进屋看锅里煮的啥。娘不好意思把玉米棒子往桌子上端，咬咬牙一直站着低着头不说话。黄奶奶自己到厨房掀起锅盖，见是一锅的玉米棒子。她迟疑了一下就悄悄地走了。不一会儿，大门咯吱响了，黄奶奶端着几个月饼、几个苹果递到了我手上。这是我第一次见到月饼。我望着月饼，望着黄奶奶，眼泪汪汪的，钻心地疼。黄奶奶紧紧地攥着我的手，眼睛红红地看着我，嘴角抽搐着说："孩子，吃去！"我目送着黄奶奶远去的背影，瞬间心里有一股热流在静静地流淌。

哥哥烧锅实在，双手用力地拉着风箱，全身都鼓着一股劲，抓一把柴扔进灶膛，再双手抓住风闸使劲拉。娘进来揭开了锅盖，焦煳味蔓延了一屋。可能是哥哥拉风箱太投入，压根就没注意。娘大发雷霆，一锅玉米，煳了大半，粘在锅底。娘心疼极了，顺手拿起擀面杖就打。哥哥聪明，一看娘打他，要么躲，要么跑。我从小就是老牛肉，打不还手，骂不还口。眼睛也像牛眼一样，娘打一下，我抬头看一下娘，眼睛里流动着无声的反抗。我就死死地站在厨房里，全凭娘出气。打过的地方青一块紫一块，疼得人死去活来。

夜深了，月儿上了枝头，风凉飕飕的。娘让我把玉米棒子和黄奶奶送的月饼、苹果放到炕桌上，端着放到院子正中，先敬献月亮。我噘着嘴假装没听见，双手环抱着自己，望着无尽的夜空瞎想。娘嘴里叼着手电筒，双手举着炕桌，小心翼翼地走着每一步。厨房的门槛很高，晚上娘的视力没有白天的一半，就怕不小心踩空，摔倒。我心里七上八下，到底要不要帮娘呢？将才还那样狠心地打我。经过一番思想斗争后，我起身拍了拍屁股上的土，跑了过去，接过娘手里的炕桌，说："娘，我来吧！"然后很庄严地放下炕桌，点燃了三炷香，认真地对着月亮鞠躬作揖。每一次鞠躬，我双眼紧闭心里默念着，希望嫦娥仙子保佑我考上大学，跳出农门，从此改变自己的命运！

玉米棒子的味道在月光的照耀下渐渐淡了，我已经不计前嫌，静静地依偎在娘的怀里望着月亮发呆。此时此刻，我想起了远在上海打工的姐姐、工地上搬砖头的爹。在这阖家团圆、灯火阑珊的中秋，为了生计，他们背井离乡。娘流下的眼泪浸湿了我的衣领，好冰、好冷，也好疼，一下子把我从幻想中拉到现实。其实，我一直在努力刻苦地学习，尽管我不知道自己能不能如愿以偿地考上大学。但是，我想到外面的世界去看一看的愿望是那么的强烈和不可遏制。真的，我很想迈过这个生我养我的小小院子的门槛，从这个古老的村庄走出去，体验大千世界的千姿百态。

娘突然哭开了，在银色的月光下，在空阔的院子里，她的哭声是那么细小、那么微弱。秋风乍起，淹没了娘的哭声。恰在此时，我闻到了一股玉米的味儿，朴素、清爽、香甜。再看洒遍院子的月光，似乎也被玉米的味道浸润了。

玉米味的月光，真好！

# 守　望

　　那里是热闹的，这里是冷清的。站在奶奶的坟边，望着不远处的村庄，这种感觉很明显。奶奶一贯要强，记得辞世前一个月，我带着几个同学去固原玩，她还亲手擀了一张面，切细后在水中稍煮捞起，抓把韭菜、香菜扔进碗里，再炝点浆水，一碗色香味俱全的浆水面便呈现在我们面前。毫不夸张地说，享受完那顿美食后，凭你吃遍天下各类面食，再都找不到那种感觉了。

　　土黄色的阳光，胡乱涂抹着墓地，风沙沙啦啦地掠过坟上稀疏的枯草。也许是经常来，经常在奶奶坟前转悠的缘故，在我眼里，墓地早已没有阴森之气，坟头好像也变得矮小了，不过是一个小土包。如果不是想起奶奶生前的话，我不会心情如此沉重。

　　我每年都回固原好几次，因为我的奶奶长眠于这里，只要我回来，我就要去看看她。我总觉得奶奶没有死，只是搬了家，搬到这里，开始了另一种生活，摆脱了沉重的负担，不再为生活忙碌。受了一辈子的苦，在这里奶奶算是享清福了。

　　奶奶年轻时很漂亮，在改革开放初期，家里粗粗细细的活都包在奶奶身上，就是那个时候太奶奶看上了长得如花似玉又勤快能干的奶奶，说啥都要把她娶进胡家大门。

　　作为农村女人，出嫁意味着为婆家繁衍后代，十六岁那年，奶奶就嫁过来了。太奶奶没有看走眼，奶奶自从进了胡家，走路都在小跑，鸡叫起床，星星点灯上炕，日复一日在太奶奶的咳嗽声中度过她繁忙的一天。挑水、拔麦、喂牲口、做饭、洗衣从不懈怠，稍有疏漏还会遭到太奶奶的暴打。那个年代婆婆打儿媳妇好像是再正常不过的事情。太奶奶是很讲究尊卑的，也非常看重规矩。许是她把家庭的兴衰都寄望于奶奶，对奶奶的要求出乎了常人想象。比如奶奶做饭之前必须把头发梳得整整齐齐的，前不见刘海，后不见马尾，为此还闹出了笑话。

有一年冬天，从兰州来了几个本家亲戚，那个年代去亲戚家都要带几个油饼或者几斤腊肉，不像现在水果、饮料、牛奶应有尽有。本家亲戚带来了四个油饼、一斤腊肉。太奶奶很自然地以一家之主的身份接待客人，示意奶奶做饭招呼，她很庄重地盘腿坐在炕头和亲戚漫天闲聊，按照预想的情节等待着亲戚们对奶奶茶饭的夸赞。腊肉在锅里熬着煮着，奶奶急得在锅灶前忙碌着。太奶奶也不问，一会儿咳嗽一声，时间愈久声音也愈重，奶奶急得额头上冒出了一层汗珠，憋得满脸通红，抱着肚子在灶火旁蹲着。眼瞅着憋不住了，不顾颜面直冲进屋子说："娘，我憋不住了，能上个茅厕吗？"奶奶的话语震惊了所有人，太奶奶生气地说："上个茅厕问我干啥！"几个本家兄弟笑着说太奶奶的家教真严厉，儿媳妇上厕所都要打报告。据说亲戚前脚走后脚奶奶就被太奶奶打了，说是丢了胡家的颜面。

奶奶生了八个孩子，存活下来的只有四个。生完三叔后，子宫下垂，爷爷没钱给看病，她时常抱着肚子下地干活，背柴火回家生火做饭，撑着虚弱的身子照顾大人小孩，过度劳累把小病养成了大病。奶奶生完三叔后，不但基本的营养保证不了，还经常挨饿受累，落下月子病，年纪轻轻地就直不起腰。

在大集体时，根据奶奶的身体情况，队里分配她赶马车往地里送粪，或者拉粮食。她窝在车辕上，吆喝着牲口穿村过路，活跃在田间地头。从小媳妇到中年女人，谁都不知她如何克服了女人的软弱羞怯，习惯了劳动群体的嬉笑怒骂，忘了自己的女子形象，像个男人一样搞运输。我想奶奶在那样的环境里，能不顾一切地帮爷爷承担起养家糊口的重责，首先她是个精明贤惠的女人。

奶奶五十六岁时，我娘做了她的儿媳妇，进门那天，奶奶就当着所有人的面说："秀梅从小没了娘，谁也不能让她受气。"然后对娘说："你还有我这个娘哩！"

我娘新婚第三天，奶奶便将家里的锅灶大权交出来了。对于奶奶的重托，娘感受到了温暖和亲切。奶奶一开始就没有把娘当外人看待，家里仅有的财产，要儿媳妇操心放好，这是家里唯一值钱的东西。而这些是当媳妇子的持家半辈子才能获得的权利。

后来在党的好政策引导下，奶奶竟然带着儿子、儿媳妇、孙子种药材、养猪，日子越过越红火。奶奶每次守望着土地，眼睛里聚集着一种劳作的激情。原先家里的土地有三十亩，这些年退耕还林，山地不再耕种，长着草和树木。平川的地奶奶种了药材，每次放学我也跟着大人们去看看。奶奶八十好几的人了，还不愿意闲下来，搞得我爹娘也很为难，经常在田间地头转悠。奶奶说："人闲了不好，手里要有个干的呢，不干啥人就荒废了。"奶奶不止一次这样对我说。

我们家新盖的房子，向南都是窗户，看过去像一列火车。娘特意给奶奶挑选了朝南的卧室，这样拉开窗帘能看见远处的山和西海子。从窗户望去，结冰的河坝像一条巨蟒透着生猛的威力。奶奶舍不得住，她眼睛红红地说："浪费了，浪费了。"在娘的再三坚持下，奶奶住上了新房子。

那时候我们总在奶奶的房间里玩藏猫猫的游戏，我大着胆子将奶奶房间的灯关掉，躲在奶奶身后，屋里黑洞洞的，四下一片安静，往往他们还没有找到我时，我就倒在奶奶的炕头了。

后来奶奶的生活热情更加高涨，她在屋前屋后种植了很多的花花草草。奶奶总是坐在有花的地方晒暖暖，一边纳鞋底，一边念叨："如果你爸每天少抽一根烟、少喝一杯酒、少出去转悠，你妈就不用那么辛苦了。"这时娘总会拿着个小板凳依偎在奶奶旁边，很享受地听奶奶唠叨。

奶奶见不得别人落泪，左邻右舍谁有个过不去，她都看在眼里，有好几次把哥哥姐姐的衣服当作不穿的送人了。爷爷是老党员，逢年过节乡上干部下来慰问提的米面油，奶奶总是原封不动地退回去。刚开始搞得干部领导很是为难，一打听才知道奶奶经常把家里种的菜分给大家伙吃，又怎么会占国家的便宜呢？后来乡上的干部先是来把东西送到村子上最困难的家庭，再来看望爷爷奶奶。

奶奶一直和我爹娘生活在一起，许是她经历了婆媳之间的"磨难"，她更加珍惜和娘的相处。奶奶娶娘这个儿媳妇，其实就是多了一个闺女。奶奶能有八十高寿，娘是第一功臣。有三年的时间娘和奶奶同床共枕，奶奶睡不安稳，娘她不放心，睡安稳了她也不放心，半夜起来趴在奶奶胸口听听，见她呼吸平稳才放心去睡。奶奶感冒发热，娘在医院哭得差点昏厥。奶奶醒来抓住娘冰凉的手，说："静她娘，你哭啥？我这辈子有福，我死了你就把我埋在西海子旁边，有山有水……"见我爹站在旁边，就说："我要是走了，你照顾好静她娘，别让她哭，你要让你媳妇享上我这辈子的福。"

转眼奶奶去世十年了，没有了奶奶的那种空，那种虚无，把大块的惶恐、悲痛永远烙印在我的记忆里。

# 家　书

在这岁末年初的时刻，无意中我看到第一次给父母写的信，他们珍藏在橱柜最里面的木盒子里。那是我第一次走出家门，二〇〇八年秋天，我写了第一封家书。


爸、妈：

今天是周天，宿舍的伙伴们都去市里转了，我没有什么事情，一个人在宿舍里发呆。人一闲，心里就觉得空虚得很。特别是我昨天又听到了一些风声，总觉得心神不宁，什么事情都不想做。本来刚给你们写过信，可现在又想写了，除了给你们说，再没有什么地方说了。

昨天，班里几个学生退学，他们说我们学校就业率不高，回去补习，来年再考。我也很犹豫，如果我退学了，补习一年就能考上一本吗？我不敢保证。想得我头疼，可我不能不想，你们辛苦供我上学，要是竹篮打水一场空，我该如何面对你们？唉，不管是真是假，我努力学习，毕竟现在的学习生活是很美满的，如果以后有遗憾，也许就叫作美中不足吧。

我们教导员说："高行微言，所以修身。要多读书，读经典。"爸、妈放心，我一定认真读书，不辜负你们！

这是我大一时给父母写的信。照理说上了大学应该高兴，上大学是梦寐以求的愿望，可是我的信里却充满忧虑与不安。

进入大学，买书是一项重要开支，我当时的生活费显然不够用，每月四本书，怎么也得一百二三，在我眼里是个天文数字。那时我每个月的生活费是二百六十元，每个月十日，父亲准时打来。

一个月二百六十元，一天八元钱是不够的，还需勤工俭学。班上的同学大多数靠家里汇款，他们家里的汇款一般是一个月五百元到六百元，说真的，我有点羡慕他们。我过着清贫的大学生活，以学习为中心，虽然也有些青春的慌张和虚无，但总的来说，每天都在踏踏实实地上课、看书，去图书馆，完成作业，准备考试。尤其是第一年最单纯。我虽然二十岁了，也没有谈过恋爱，全部心思都在学习上，给父母写信也说的是学习。

后来，我又写了一封家书。

爸、妈：

你们带的棉衣我收到了，最近考试有些忙。昨天考完了病理学，终于松了一口气，抓紧时间处理一些杂事，马上迎接第二次考试高潮。目前为止，我们已经考了三门——解剖学、病理学、中医学，自我感觉良好。一直记着你说的"平常心、心常平、常平心"，我平时及时复习不敢有一丝松动。如果成绩优秀，还有奖学金。我暗暗使劲，还好记性好，

**很快就追上大家了！爸、妈，我一切都好，爱你们！**

父亲一直叮嘱我"平常心、心常平、常平心"，要用平常心面对成功与失败。他之所以这样说，是因为我本就是一个多愁善感之人。记得小时候，父亲常说我怎么和林黛玉似的，体弱多病，多愁善感。我那个时候还没有读过《红楼梦》，不知道他说的是谁。父母亲希望把我培养成和哥哥姐姐一样能吃苦耐劳的人，而我只要捧起书来就可以忘掉全世界。

接到录取通知书，父亲将我叫到跟前，递给我一台笔记本电脑以示奖励。令我大吃一惊的是这是当时最好的国产品牌电脑，标价六千七百元。这在当时已经是价值不菲，堪称金贵，我很清楚，这笔钱是我们全家一年四季劳动所得扣除穿衣吃饭费用之后的结余，却被父亲一次性消费了，用来奖励我上学。我尽管很清楚，也于心不忍，却不能拒绝。父亲将电脑递给我，说了至今我都铭记在心的话："一定要好好学习，学习没有白学的，在哪里都能用上。家里的事情你就别操心了，往后的路你自己走，能走多远就走多远。"

时光如梭，转眼十几年过去了。我永远都会记得，当时那般近距离地望着年迈的父亲，我无言以对，背过身子，沉默地走出屋子，我知道身后有一双深情孤苦的眼睛默默注视着我……

# 母亲的浆水面

母亲的茶饭是远近有名的，最拿手的莫过于浆水面。

浆水面是家乡家家户户的日常饭食，清淡爽口，解暑开胃。在老家，浆水面做得好不好，是衡量一家主妇才艺的重要标准。

我有着二十年的浆水情结。

那个时候吃着母亲做的浆水面，走过了小学到高中阶段。自上大学到现在，城市里的饭菜总是没有家乡饭好吃，我还是特别迷恋母亲做的那碗浆水面。

面汤做曲，芹菜提味，酵成浆水，旱地麦子磨面，和匀醒开，再擀得薄厚适中，下到烧滚的浆水中，葱花撒入热滚的胡麻油炸出香味，再迅速泼到煮好的面里，一碗简简单单，清清白白，细润筋道，点缀着几片碧绿芹菜叶的浆水面香气扑鼻，毫不客气地刺激着味蕾。吃浆水面的时候，暂时会忘记身在他乡的落寞与孤独，那碗浆水面里总是有着熟悉的味道，有着母亲忙碌的身影。总会令我情不自禁地想起小时候围着母亲，看母亲做浆水面的情形，一幕幕画面，那么清晰，希望时光能够静止，永远定格在那一帧画面里。

那时，浆水面不仅仅能填饱肚子，更多的是寻找故乡的记忆、母亲的影子。记得小时候，冬天浆水不容易发酵，但母亲总有办法，把装满半成品浆水的缸，放在羊粪烘热的土炕上。每每放学回家，就会闻到油炝浆水的香味。而今，回家的次数越来越少。每次回家，在车里远远地望到母亲站在自家门前等女儿归来的身影。到家门口，母亲眼含泪花地嘘寒问暖，夹杂着熟悉的味道，抨击着我的心。母亲知道我的最爱，总是早早地准备好一碗清香的浆水面，为的是一解旅途中的疲乏。

不管我身在何方，母亲总是最挂念我的人。

对于走出故乡那曾经贫瘠土地的游子来说，我对浆水的牵挂，是那么深切。

因为那一碗浆水面里总有着熟悉的味道，更有着母亲毫无保留倾注其中深沉的爱，不曾改变过的味道是永远不变的牵挂。

今天，似乎一下子将时间倒回到了从前，也让我获得了久违的宁静。我可以平静地回忆、思考，有所展望；没有忧虑、没有挣扎，也没有感伤。吃着妈妈做的浆水面，好享受这样的情景。

乡愁是什么？乡愁就是一碗浆水面，那面里有母亲的味道！

# 心　眉

## 一

　　母亲苦着脸，心事重重地在屋里走来走去。母亲叹息着，不时把目光抬高，瞥一眼墙上的年历，终于下定了决心似的，叫着我的乳名苗苗，我忙问母亲咋了？

　　母亲是个瘦小的人，那张同样瘦小的脸青黑青黑的，像一张干枯的袼褙。母亲吞吞吐吐地说她想做个眉毛。我知道的，做个眉毛就是文眉。我靠近母亲，诧异地看着她。母亲掀起衣襟，擦脸上的泪水。我搂着母亲说，能行，等我休假了，我们就去银川文眉。母亲眼里闪着喜悦的光亮。母亲说她的眼睛一天不如一天，看东西越来越模糊，趁着还有点视力，文个眉。母亲说楼下的几个老太太年龄都比她大，人家都文眉了，年轻了许多……母亲是个话少的人，一天都说不上几句。这次，母亲却说了不少。我也才醒悟，文眉是母亲心存长久的一个愿望。作为和母亲朝夕相伴的女儿，我因此而愧疚。我答应母亲，不仅要文眉，再把头发也烫了。母亲笑了，背对着我收拾碗筷。你是不是想我爸爸了？我笑嘻嘻地问。母亲被我这样一问，似是受了惊吓，手里的一只空碗掉进盆里，半天捞不出来。父亲长年在内蒙古打工，平时很少回家。母亲患有眼疾，由于当初

015

治疗不及时，病情愈加严重。我鼓励母亲说以后想干啥，我一定支持她。母亲年轻时没做的或者想做的事情，现在咱们一样一样去做。

出了红寺堡镇，高速公路上的车辆多了起来。母亲坐在大巴后排座位上，我明显感觉到她的不安，脸上有一种忧伤。上车的时候，我注意到母亲的眼睛红着，脸有些浮肿，昨晚她一定没有睡好。母亲将脸侧向车窗一边。我知道，母亲什么都看不清，她眼前的世界是模糊的。

糟糕，路给堵了。司机打开车窗，探出头去。距离滚泉高速收费站五百米处出了交通事故，十几辆大卡车停在那里，路被堵了个结实。几个司机站在路边聊天，等待交警来现场处理。大巴上的人都下去了，我也牵着母亲的手下了车。

路边长满了苦苦菜，风尘仆仆、灰头土脸的样子。不远处是大片的向日葵，黄灿灿地开得十分热烈，令人联想到凡·高的那幅名画。遗憾的是，母亲却看不清楚。母亲是老高中生，喜欢读书看报，凡·高的《向日葵》她肯定是欣赏过的。母亲小心翼翼地走到司机跟前问还要等多久？司机含混地说，快了。这时一群羊突然冒出来，在苦苦菜与向日葵中间的土路上晃晃悠悠地行走，羊群后面是一个戴草帽的黑瘦老汉。

母亲不知道是什么时候松开我的手，独自走到那片向日葵地畔的，然后远远地望着。至于母亲望着什么，想些什么，我无从知晓。母亲望着远方，我望着母亲的背影，恍惚之间，我似乎看见了母亲年轻时候的模样。戴着凉帽，穿着黑色衣衫的母亲，站在向日葵旁边，真的像一幅油画呢！

# 二

银川，虽然不是大城市，母亲也很少去。我多次要带母亲去看看，她总是找各种各样的理由推托，其实是怕我花钱。这次，母亲没有拒绝，而是高高兴兴地随我去银川。原因很简单，文眉。为了完成这样一个愿望，母亲终于下定决心。下定这样的决心，让母亲失眠了无数个夜晚。

终于到了银川市区，车水马龙，熙熙攘攘。母亲要坐一元钱的公交车，她还是为了省钱。我不肯，我要让母亲坐出租车。没想到的是，母亲却晕车了。在我的记忆里，母亲不曾晕过车，也许与她很少出门远行有关。有一次母亲生病了，那时候我还在中宁中学上高三，接到消息后，匆匆往回赶。我找了邻居的小车，接母亲去镇医院看病。一路上我紧紧抱着母亲，后来她推开我的手，说一点儿也不晕。可是现在，母亲却晕车了。我蓦然感觉，母亲真的是老了。我让司机把车停在路边，打开车门，搂着母亲下了车。母亲在路边呕吐，表情十分痛苦。我说我们改坐公交车。母亲不肯，说咱就坐这车去商城，我要成全我女儿的面子。我要感谢这个司机，是个好心人。母亲呕吐时弄脏了他的车门，他并没有表示不悦。司机关掉音乐，打开车窗，将车开得很慢很稳。或许，他也有一个乡下母亲吧。

到了银川商城，母亲的脸蜡黄蜡黄，显然没有缓过来。我扶着母亲坐在步行街的长椅上，母亲说她先睡会儿，眼前的天地还旋转着呢。母亲缓过来之后，我联系了文眉的师傅，她的美容店就在银川商城。我牵着母亲的手，诚惶诚恐地走了进去。文眉师傅是一个瘦高的女人，身穿白大褂，脚蹬蓝色塑料拖鞋。红艳艳的嘴唇、乌黑的眉毛、秀气的鼻子，以活广告的方式体现她的专业水平。

我对文眉师傅挤了一下眼睛，示意她出来。我和文眉师傅讨价还价时，母亲也从屋里走了出来，悄然站在我身后。我和文眉师傅讨论得过于专注，竟没有察觉身后的母亲。是母亲的一声叹息惊动了我，我回过头，望着疲惫的母亲。母亲勉强挤出一丝微笑，说我不做了，咱回家。我冲着母亲做一个鬼脸，好让母亲放松一下。我说这可是很有名的文眉师傅，材料是韩国进口的，文出来的眉毛一根一根的，自然得很。没想到母亲一听，忙说那就和粮食一样，一颗一颗地种，肯定很贵吧？我把母亲摁到美容床上，让母亲不要操心钱，说我最近收到几家刊物的稿费，够母亲文眉了。母亲说，你最近又发表文章了啊？只要发表，他们给不给钱都无所谓。我掏出手机，在朋友圈里找到《六盘山》和《四川文学》的链接，拿给母亲看。母亲象征性地看了一眼，沉默了许久，不再说什么。

母亲躺在床上，缓缓地闭上眼睛。母亲的眉毛很淡，不仔细看几乎看不出来。文眉师傅先用眉笔画了眉形，又左瞧右瞧地涂涂改改，最终确定了眉形，让母亲看。这次，母亲拿着镜子看得很仔细，还不住地用手摩挲着镜子，宝贝似的。母亲认可了文眉师傅的设计。文眉师傅开始给母亲打麻药。在药物的作用下，母亲不一会儿就睡着了。

看着熟睡的母亲，那么安静，那么慈祥，我不禁思绪如潮。

# 三

母亲是个闲不住的人。父亲说母亲嫁到我们胡家不久，爷爷奶奶就和他们分了家。一间小房子、几个碗、一口锅、两床被褥，是父母当时所有的家当。后来，父母相继有了我们这几个孩子。养家糊口，首先要糊好我们兄妹三人的嘴，拖累越来越大了。要强的父母不愿向别人求情，包括自己的父母，也就是我们的爷爷奶奶。人穷志不短，只好拼命地干活，无休止地出卖自己的体力。母亲平时话不多，只是不停地进进出出，屋里屋外操劳忙碌。母亲个头小，背了东西的身子显得更小。母亲的力气也小，背上几捆麦子或者胡麻，看上去格外沉重，似乎要被身上的重物压进土里去。

记得那年秋天的一个早晨，我扛着锄头下地去。我已经上高三了，学习任务很重。假期里，我还要帮父母干活。父亲坐在桌子前，往粗瓷大碗里抓点红糖，倒些开水，用筷子搅拌几下，就算是一顿早餐。母亲无奈地对父亲说我马上开学了，家里一分钱都拿不出来。这事母亲不说，父亲也知道。父亲不言声。母亲说只有出去借钱。父亲叹息一声说，那就借吧。母亲让父亲去借。父亲不去借，说他一个大男人抹不开脸面。父亲虽然是个穷人，身上的大男子主义的作风却很旺盛。父亲最怕借钱，借钱是拿自己的热脸蹭人家的冷屁股。母亲说钱必须借，孩子上学是大事，不能耽搁。父亲斩钉截铁地说他不去低这个头，受不了别人的冷嘲热讽。母亲一生气，说话就不顺畅，便和父亲争吵起来。人在屋檐下，咋能不低头？借钱是为了孩子上学，又不是抽大烟赌博，有啥难看的？母亲劝解父亲。父亲没有作声，使劲地挠头。父亲挠了一会儿头，答应母亲舍下老脸去求人。父亲出去再回来，神情还不错，借到钱了。母亲接了父亲借来的钱，也很高兴。父亲是向他的兄弟，也就是我们的三叔借的钱。母亲说，家和万事兴，兄弟之间处好了，在村子里也有面子。母亲回头对我说，父母一辈子和土地打交道，你们几个可要走出去啊！我心里沉甸甸的，说哥哥也需要学费。母亲说，一个一个来，车到山前必有路。

　　多年后，母亲回忆起那个太阳特别暴躁的下午，就撩起衣襟擦眼泪。母亲说我上学前脚刚走，三叔就找上门来。三叔的几个孩子打工的打工，务农的务农，三叔因此一直挺窝心的。尤其是看到我们几个都在上学，而且学习成绩也好，就有些嫉妒，便后悔借钱给我们父母。三叔来要钱，让父母大吃一惊，借的钱捏在手心里还没焐热，就来索要，天下哪有这样的道理。父亲哭丧着脸说，兄弟，你这是拿刀子捅我呢。母亲说她当时眼前一阵阵发黑，差点晕倒。当天下午，被逼无奈的父母，把家里唯一的牛卖掉，还了借款。

　　还了借款后的第二天一早，匪夷所思般，母亲突然想去县城了。县城远在十几里外，如果没有特别要紧的事情，母亲是不会去的。这次母亲去县城，并没有什么要紧的事情，就是想到中宁中学看看学校，看看我。母亲好不容易找到中宁中学，呈现在眼前的是一群麻雀样叽叽喳喳的学生，就是雾腾腾的，看不到我的身影（这时候母亲的眼睛已经出了问题，只是她没有意识到罢了）。母亲问了一个女生，这个女生带母亲来到教室门前，喊我的名字。我正和同学说话，听到喊声，扭头看见站在门口的母亲，很是诧异。我问母亲是什么时候来的，有啥事？母亲把我叫到旁边，看着我，嗫嚅道，妈就是想你了，来看看你。我望着母亲，说我刚从家里来没几天，你就想我，以后我考上大学去了外地，你咋办？母亲望着校园里的一棵树，说你考上大学，我就放心了，也就不想了。母亲望着树，我望着母亲，笑了。后来我才知道，母亲是心里憋屈，又找不到能够倾诉的地方，就想起了我这个在县城上学的女儿。母亲憋了一肚子的话，见了我反倒什么也没说。不是不想说，是不知道该怎么说。哦，可怜的母亲。

后来，我们长大成家。母亲的眼疾越来越严重，几乎到了失明的地步，漫长的治疗过程，并没有起到多大的作用。母亲的眼底坏了。而我们这样的家庭，经济长期处于拮据状态，只能维持温饱而已。要给母亲彻底治好眼疾，实在是力不从心。母亲非常害怕失明，因为她的新生活才刚刚开始。母亲的三个孩子都已成家，她还等着孙子出生，以享受天伦之乐呢！

有一次，母亲要我带她到宁夏眼科医院治疗。挂号后，母亲端端正正地坐在一个老医生面前。老医生问：什么病？母亲却指指我：她是我女儿，大夫，给她看看。老医生不明就里，有些愣怔，然后莫名其妙地看着我。我也愣住了，一时反应不过来，不明白母亲唱的是哪一出戏。母亲这才一五一十地说出自己的想法。母亲说她得了黄斑前膜，已经没有治好的可能了，但是她怀疑这种眼疾会遗传，便要求医生给我检查一下，还一个劲地问老医生这种病是否会遗传。母亲的理由令人啼笑皆非、哭笑不得，说我年纪轻轻就是近视眼，让医生给我开药。这个老医生显然很生气，像是他的尊严受到了侮辱和挑战，将老花镜一摘，把母亲和我裹在一起狠狠地批评了一顿……

# 四

文罢眉，母亲也醒了。

文眉之后的母亲，的确显得年轻了些，脸上的皱纹也像是少了许多。母亲见我直愣愣地盯着她看，竟然有些羞涩，孩子般脸红了。母亲缓缓地说：苗苗，你圆了妈的一个愿望。我沉默地看着母亲，百感交集，热泪盈眶……

# 雪　花

## 一

在一个雪花飘落的黄昏，我回到了叫大战场的村镇。

推开大门，我走进了曾经十分熟悉的家。爹坐在炉火旁抽着旱烟，见我进来，急忙站了起来。娘摸了两把围裙说："我昨晚梦见山青水绿，心想肯定是你要回来。"其实娘做没做这样的梦，别人无从知晓，只是我每次回来，娘都这样说。爹调侃娘说："你就像个半仙，你的梦咋那么灵呢？"娘没有吭声，看了一眼爹，然后把目光落在我身上。这时我才发现，娘的两鬓又多了一些白发。我把给爹买的香烟和白酒从包里掏出来，放在桌子上。娘拉下脸说："花钱买这些干啥？你才挣几个钱，还有娃娃上学啥的，不容易。"爹笑眯眯地把香烟拆开，抽出一根叼在嘴上，美滋滋地抽了起来。

我回到家里，爹可是找到了能推心置腹说话的人。爹说："你雪花姐病了，固原的医院查不出啥毛病，再送到银川检查，全身插满了管子。她前几日还念叨你，还经常打开手机看你写的文章。你雪花姐说你有恒心，能成事。"娘埋怨爹说："你张口闭口雪花，女儿刚进门，你让她缓一缓，长长短短地说了一堆。"

娘说着便去烧水。水烧开了，我急忙给爹娘沏茶。娘顺手抢过我从茶几上拿起的茶叶桶放回原处，然后打开柜子拿出另一包茶叶说："这是你上次买回来的好茶叶，平时舍不得喝，今天我们喝这个。"沏上茶，满屋子芬芳四溢。娘说："你今天想吃啥？"我说："吃啥都行，我还不饿。"爹生着气说："你会做啥？一辈子就会做个浆水面。"娘狠狠地瞪了一眼爹，说："我就会做浆水面，你不是老老实实地吃了几十年吗？今晚的饭没有你的份。"眼看老两口又要争吵起来，我连忙阻止。其实娘只是说说气话，到时候爹还是一口也不少吃。我说我不饿，娘说那就等一阵子再做饭，随即把头转过去，看着窗外。

风从门缝挤进来，捎带着一股寒气。好在有燃烧的炉火，屋子里还是温暖的。我坐在光线暗淡的角落里，怀念起雪花姐。爹娘也不再说什么，静静地陪着我，又像是各怀心事。一时间，屋子里的气氛有些郁闷和压抑。

<br>

## 二

雪花姐来的那天，正是一个飘雪的下午。

是入冬的第一场雪。雪不大，下得羞羞怯怯的样子，但是很冷。娘挂上了棉门帘子，以便阻挡肆虐的寒风。爹因为工钱被骗，买不回来煤，家里取暖成了大问题。屋子除了炕热着，其他地方冷冰冰的。我身上许多地方都生了冻疮，手尤其严重，肿得发面馒头一样，还流着黄脓，看着触目惊心。那时候农村的条件艰苦，每到冬天，孩子都生冻疮。我特别怕炕热，一旦暖和过来，身上的冻疮就开始痒，痒得无法抓挠，痛苦不堪。

　　傍晚，我们已经吃过饭了。我坐在炕头翻着书本艰难地背英语单词。爹进来了，随着爹进来的是一股冷风和他身后的一个女子。娘的脸色很平静，她已经习惯了这一切。因为我们家时不时会出现这样的人，用娘的话说，我们家就是避难所。爹将这个女子引到前边来，告诉娘，这个女子叫雪花，是李村李二明的女儿，是他在村口遇到的。爹特别强调说雪花的娘去世得早，她夹在父亲和嫂子之间，简直就是个受气包，找了个婆家又经常挨男人的打骂，日子过得恓惶。爹让我叫她雪花姐。雪花姐脑门上的伤疤很难看，甚至给我一种狰狞的感觉。雪花姐抬起头看看娘，轻轻叫了声姨娘，便不再言语。娘嘀咕一句，像是自言自语："你是李二明的女儿？"

　　雪花姐说："是，夫家就在李村，也不远。"娘问雪花姐："家里人知道你淘气出走了吗？"她摇摇头。娘还想问问雪花姐脑门上的伤疤，张了张嘴，没好意思说出来。雪花姐窥出娘的意思，淡淡地说这伤疤就是她男人打的，那天正好在地里挖洋芋，他们两口子拌嘴，男人脾气不好，一铁锹拍到脑门上，她就昏死过去了，差点没了命。娘听了，叹口气，对雪花姐说："既然这样，你就住下吧。"

　　爹说晚饭他在姑姑家吃过了，雪花姐还没有吃饭，让娘给做点。娘说："炉火快灭了，炉子上还有一碗浆水面，凑合一下吧。"爹说："也好，如果不够吃，再用馍馍垫补一下。"雪花姐不好意思地说："够了够了。"这碗浆水面是我们晚上吃剩下的。只要爹不在家，娘便怎么省事怎么来，做浆水面最方便。现在娘把我们吃剩下的浆水面给雪花姐吃，多少有点儿打发叫花子的意思。我都替娘不好意思，可我又不能多说什么。雪花姐双手接过那碗温暾的汤多面少的浆水面，背过身去静悄悄地吃着，几乎没有声响。雪花姐很快吃完了一碗浆水面，看来是真的饿了。

吃完饭的雪花姐，坚持要自己把碗送到厨房，一再说我们收留她已经很好了，不能让姨娘伺候。娘就领着雪花姐到厨房去。娘和雪花姐一走，爹就对我说："别告诉你娘，雪花要在咱家住一段时间呢。"我张开的嘴巴半天合不拢，心想住一段时间是多久？我感到自己都要变成哑巴了，怔怔地看着爹。

娘让我把雪花姐领进侧屋，早早收拾着睡觉。

我凑到雪花姐耳边说："你先别睡，等等我。"我悄悄溜进厨房，把馍笼里的包子揣到怀里，悄没声息地把门关上。雪花姐惊愕地看着我。我说："雪花姐，我知道你没吃饱，吃吧，你慢慢吃，不够我再过去拿。"雪花姐呆愣了一会儿，然后像回到自己家似的，拿起包子吃了起来，嗓子里毫不掩饰地发出吞咽声。娘曾教导我，女孩子要吃有吃相、坐有坐相，吃东西要无声无息，走路要无声无息，甚至笑起来也要无声无息。娘的这种传统家训在过去也许很管用，现在显然不合时宜了。但此刻我听着雪花姐吃东西的声音，还真有些不大适应。一个年轻女子，吃东西咂巴着嘴巴发出吞咽声，多少有些粗俗，很不雅观。可是，对一个饥饿的人，怎么能够这样苛求呢？这样一想，我再听着雪花姐吃包子的声音，就不那么刺耳了，甚至觉得一个饥饿的人吃喝的声音，原本是自然的、舒坦的，甚至美妙的。雪花姐吃了两个包子后，说自己吃饱了，还打了一个饱嗝。雪花姐还说，包子真香。我不知道雪花姐说的是真话还是假话。其实，这只是素馅包子，而且放了几天，皮儿都有些风干了。

那晚，我睡在炕里头，雪花姐睡在炕边。我翻来覆去地睡不着，一来是冻疮遇热后奇痒难受，令我辗转反侧，二来是初来乍到的雪花姐让我禁不住地好奇，满心的思虑，满心的担忧。从娘那里得知，雪花姐才二十岁，早早成婚，按说正是小夫妻如胶似漆、卿卿我我的时候，却遭遇了那么不堪的家暴。看着被伤痛折磨得如此憔悴的雪花姐，我的心情是复杂的、是难过的，甚至由此联想到自己将来的命运。这天晚上，雪花姐终于打开话匣子，和我聊了很多，从她订婚、结婚，到离家出走……似乎把这一年来的事情给我说了个遍。

我说："雪花姐，我给你背首诗词吧。"

雪花姐嗯了一声。

"人有悲欢离合，月有阴晴圆缺。此事古难全，但愿人长久，千里共婵娟。"我深吸了一口气，说，"雪花姐，我希望你幸福。"雪花姐睁大眼睛看着我，我也看着她，看着她含泪的眼睛和脑门上的伤疤，一时间不知道该说什么。其实什么也不用说，我凑到雪花姐跟前挽住她的胳膊，依偎在她怀里。窗外面，还簌簌地飘落着雪花。

早晨醒来，才知道雪已经在不知不觉中停了。窗户上似乎有树影在摇曳。我伸了个懒腰，掀开窗帘。玻璃上满是哈气凝成的窗花，如梦如幻，外面什么也看不见。我赶紧回头，正要往被窝里缩，娘的一只手伸进来，在我屁股上拍了几下，把我弄得睡意全无。猛然想起身旁还有雪花姐，就朝炕边看去，却见那里已经空了，被褥叠放得整整齐齐的。

娘说："雪花姐正在厨房做早饭，天还没大亮就起来把火笼着了。"我说："雪花姐好歹是客人，怎么能让人家大清早就抹锅上灶呢？"娘说："既然来了，还讲啥客人不客人的？"我瞥了一眼娘，嘟囔着："既然不分客人，为啥昨晚不给雪花姐吃包子？"娘说："你不是给她吃了吗？你俩昨晚真能喧，我后半夜起夜的时候，听见你们还在说话呢。"听得出，娘有一些妒忌。大清早的，我不想和娘拌嘴了。我跑出了屋子。天空湛蓝，雪白的世界，反射着明亮的阳光。一时间，我眼花缭乱。

雪花姐总是不闲着，大多时候做着与吃有关的事情。

晚上，雪花姐带着我拌馅儿、搓团子、包包子。她怕费电，坚持用煤油灯。她踮起脚把煤油灯放到灶台上方的隔墙上，这样整个屋子都亮堂了。雪花姐做的是豆馅儿，白豆、大豆、黄豆什么的豆子，经过大火蒸煮和适当发酵，它们比赛似的散发着醇厚的味道。我就像一只蜜蜂围着雪花姐转来转去，贪婪地闻着，或者用手指挖点绵绵软软的豆馅儿，尝尝它们各种各样的鲜味。雪花姐也不制止我，只是看着我微笑，脸颊在灯光的映照下，泛着淡淡的红晕。其实，雪花姐的面相挺受看的，很善良、很慈悲的样子。

我永远忘不了在漫长的冬日里，我与雪花姐围炉而坐的时光。有时候，我在解答那永远搞不懂的化学题，以致头昏脑涨，甚至气急败坏。雪花姐并不打扰我，我也不知道她在做什么。待我疲倦而无奈地放下书本的时候，就看见炉圈上站满了雪白的小兔子、小刺猬、小鸭子。所有这些小动物，都是雪花姐用白面捏的小点心，里面的馅儿是豆沙和红糖。我那时候不懂得赞美，也不讲礼貌，更不知道雪花姐做这样的面食是很辛苦的，只是一味地吃。雪花姐就坐在我对面，抬起她不轻易抬起的头，微笑地看着饕餮的我，将那些面食扫荡干净。看得出，我这种大大咧咧、毫不掩饰的性情，让雪花姐很高兴。恍惚中，有那么一刻，我感觉雪花姐变成了我的娘。

那时候，我在中宁中学上学。对远离父母到城里上学的农村孩子来说，想家总是难免的。可是，自从雪花姐来到我家，我更多的时候是想雪花姐，尤其是半夜饿醒的时候。

三

那是一个雪花飘落的黄昏。

雪花变换着姿态，在半空中肆意地舞蹈，舞出世界上最难模仿的舞姿，然后无声无息地落到地面上。晚饭时，我仍在教室里写作业，懒得去食堂排队。同桌告诉我娘来了，我便飞也似的跑向宿舍。跑过操场后，我远远地看见了雪花姐，她站在宿舍前的台阶上，飘落的雪花把她的半身染成了雪白。她那双不大的眼睛，在来来往往的学生中搜索着我的影子。终于，她看见我了，向我挥手。"雪花姐，你咋来了？"我高兴地跑上前去。雪花姐的脸上洋溢着微笑，问我："还没有吃饭吧？"我摸着脑袋说："待会儿再去吃，这阵子食堂人多。"雪花姐说："饭我给你打来了，你快吃吧。"我问雪花姐吃过饭了吗？她说吃过了。我一看饭盒，就知道这饭是从街上的饭馆买的，有红有绿、有菜有肉，香气扑鼻。

进了宿舍，我让雪花姐坐在床上休息。打开饭盒，里面有西红柿炒鸡蛋，有土豆烧牛肉，还有凉拌豆皮黄瓜，虽然是家常饭菜，却都是我爱吃的东西，尤其是特别顶饱。看来，雪花姐在我家的日子里，早就掌握了我饮食方面的喜好，而且清楚学校食堂的伙食很差。真的，现在回想起来，那是我学生时代吃得最香的一顿饭。我一边喜滋滋地吃饭，一边和她聊起来。我说："雪花姐，你进城是有什么事吗？"

雪花姐说："我过几天就要回去了，我来看看你。"

我愣住了，脑子一时转不过来，问："你回哪里？"

雪花姐低声说："回自己的家呀。"

我明白过来了，毫不客气地说："你是要回去接着挨那个混蛋男人的打吗？"

雪花姐看着我，平静地说："在你家住几个月了，总是要离开的，要回去过日子的。"

我又一时无话可说，心里隐隐地疼痛。我知道自己和雪花姐相处的日子并不长，却越来越感觉像亲姐妹。我甚至对雪花姐产生了某种说不清道不明的依恋。我呆呆地看着雪花姐，筷子捅进嘴里忘了拿出来。我的脑子里嗡嗡地响个不停，像有一只不怀好意的蚊子在无休止地搅扰。我不知道该怎样安慰可怜的雪花姐。

雪花姐也呆呆地看着我。四目相对无言。

挨过好长一段时间，雪花姐从提兜里掏出两瓶自己腌制的咸菜放在旁边的桌子上，床上放着她给我织的毛衣。我望着雪花姐，竟然天真地说："你要是我娘该多好，这样你就哪里都不用去了。等我放假回去，我们就可以在一起说话了。"雪花姐听我这样说，凄苦地笑了，然后摇摇头，什么话也不说。

吃完饭后，雪花姐给了我一个手帕，上面绣着"好好学习，天天向上"八个字。雪花姐是上过学的，应该是初中毕业吧，据说学习成绩还很不错，考高中应该没有问题。有时候，我也这样想，如果雪花姐不要中断学业，将学继续上下去，甚至上大学，那么她的命运会是什么样子的？肯定不会是现在这个样子的，至少她不会早早就嫁人，成为那个混蛋男人的出气筒。

雪花姐告诉我，手帕和毛衣是她晚上在煤油灯下绣的织的。然后，雪花姐坐班车到县城，一路问到学校找到我。雪花姐说她还是小女子的时候，同父亲一起来过这里，大概记得这里原来都是农田。十几年过去了，这里已经大变样，变成了一座崭新的学校。雪花姐问我的月考成绩怎么样，我都如实地说了。雪花姐长叹一口气，鼓励我好好学习，一定要考上大学，不然和她一样了。还叮嘱我不要和同学闹矛盾，要和他们搞好关系。末了，雪花姐让我去提壶热水来，她好帮我洗衣服。我想拒绝，却又放弃了，只好听从雪花姐，眼巴巴地看着她把我攒了几天的衣服洗得干干净净，让同学们对我好一阵羡慕。

我说："雪花姐，你来城里找我，我爹娘知道吗？"

雪花姐说："他们不知道，我没有告诉他们。"

看着雪花姐忙碌的样子，我又恍惚了，雪花姐真的成了我的娘。

是夜，雪花姐就留在了宿舍，她睡我的铺，我和上铺的同学挤着睡。等我们下了晚自习，雪花姐已经睡了，听见我们回来，她坐起来，从帘子里露出头仔细打量我，喃喃地说："你怎么瘦成这样了，是不是有啥病？"我说："学生都这样，课程负担重，休息不好，人就容易瘦，没事的。"我不想把自己前一段时间患病的事情告诉雪花姐。她叹息一声，不再说话。

就连爹娘我也没有告诉他们，自己买了些药吃，算是挺过来了。

半夜起风了。风吹得窗户发出阵阵响声，吹得门帘子一鼓一鼓的。我探出身，低头倾听雪花姐睡觉的声音，竟然没有任何动静。宿舍内一片漆黑，其他同学都睡得很香甜，发出细微的鼾声。远处高塔上的灯光，映照着窗前摇曳的树梢；树影投落到宿舍窗户上，扑朔迷离。时间尚早，我又放心地睡着了。

睡梦中感觉有人用手轻轻地戳我，我倏地坐起来，揉揉眼，地上站着雪花姐。

雪花姐说："我要走了，你睡吧。"

我急忙穿衣下床，雪花姐说外面起风了，让我把棉袄穿上。临出门，雪花姐忽然拉住我的手，她的手心潮乎乎的，好像出了不少汗。雪花姐从衣兜里掏出一些零钱让我拿着，让我不要嫌少，想吃啥就买点啥，补补身子。我不要，她把零钱硬塞给我。我说："雪花姐，你不是要回家过日子吗？你把钱给了我，你咋过日子？"雪花姐说："我有钱，你拿着。"我说："雪花姐，你就别硬撑了，你如果真有钱，也不是今天这个样子。"我这样说，等于是揭穿了某种真相。雪花姐听我这样说，终于不再坚持，犹犹豫豫地把钱收了回去。我说："雪花姐，你的心意我都领了。我也知道你是咋想的，不就是想通过这样的方式，回报我家这些日子对你的收留之情嘛！"雪花姐脸上显出难为情的神色，然后将头深深地埋了下去。面对雪花姐，我觉得自己突然长大了，懂得了许多事情。

可是，我想流泪。我想抱着雪花姐，肆无忌惮地大哭一场。

我和雪花姐走出宿舍，走出学校的院子。天色朦胧，不见月亮，有几颗星子在闪烁，很遥远。校园还沉浸在睡梦中。风比前半夜小了。雪花纷纷，落了一地……

<h2 style="text-align:center">四</h2>

漫天的雪花落到了屋顶上，落到院子里，显得孤零、苦寒。

有两只麻雀停在窗台上，踱着碎步。一股风吹进屋子，将帘子扬起一角，扬啊扬的，像是撩拨着什么。电视机里正播放着王菲演唱的《水调歌头》："人有悲欢离合，月有阴晴圆缺，此事古难全。但愿人长久，千里共婵娟……"

我想着雪花姐的事，心里七上八下的。我等着爹把话再次引到雪花姐身上。可是爹忙着在屋外扫雪，迟迟不进屋子。我想直接给雪花姐打电话，却又犹豫不决。这么多年里，我从来没有主动联系过雪花姐。雪花姐也没有联系我。我知道是雪花姐怕打扰我，才坚持不和我联系的。此时此刻，我却有满肚子的话，想对雪花姐倾诉，包括我的歉疚和不应该有的冷漠。

吃过晚饭，《欢乐中国行》的节目就要开播了，爹急忙调整着电视机的频道。娘对我说："你给我们买的电视机，可比后院永刚家的大多了。"我实在忍不住了，问娘："有没有雪花姐的电话？"娘把雪花姐的电话号码调出来，将手机递给我。我拿着手机，心怦怦跳个不停，连呼吸都有些局促了。手机嘟嘟两声后通了，终于传来雪花姐的声音。声音很虚弱，一听就知道雪花姐生病了，而且病得不轻。雪花姐问我："娃娃好吗？工作好吗？"我说："还好，你呢？"雪花姐说："我也好着呢。"

雪花姐说："我想给你说件事。"我竖起耳朵，心也跟着提了起来。

雪花姐说："我给你女儿绣了一块手帕，上面有'好好学习，天天向上'的字。"我的眼泪簌簌地掉下来。我哽咽着说："雪花姐，我记得的，当年你到学校看我，送的也是这样的手帕。就是在你的鼓励下，我才考上了大学。"

雪花姐说："我把手帕给你邮过去，麻烦你把新家的地址告诉我。"

我心里一酸，说："雪花姐，我明天去看你。"

雪花姐说："我早就想去看你，又怕打扰你。"

我说："雪花姐，是我错了。我应该早早去看你。"

雪花姐说："我给你蒸包子吃。"

我说："我就爱吃你蒸的包子。"

挂掉手机，我发了一会儿呆。半晌，又忍不住地笑了笑。走到衣柜前，对着镜子里的自己。不知道为什么，我又开始恍惚了。我竟然从镜子里看见了雪花姐。雪花姐静静地站在我身后，依旧是当初我见到她时的模样。随后，镜子变得模糊不清，像有无数雪花飘落。我心里一惊，突然感觉哪里不对劲，有一种不祥的预感。我不再犹豫，决定现在就去看雪花姐，越快越好。

我夺门而去。娘在身后喊了句什么，我没听清……

# 姐　姐

一

我的老家在固原张易镇，那是个四面环山的小村子。村子在山沟里，半晌午才能看到太阳，后晌太阳又给堵住了，日子就短了很多。山就像怪兽，吞没了一些时日。这地方的人，似乎比山外面的人少活了些日子。日子真短的话，也还好。反而日子长了，不好过，干旱少雨，收成不好，过得熬煎。人都想着搬出去，我家也搬到了中宁县大战场。

可姐姐死活不愿意跟随爹娘去大战场。她抱着爷爷的腿寸步不离。爹娘没有办法，就带着我和哥哥先走了，姐姐一直陪在爷爷奶奶身边，直到她十三岁那年，才算回了家。

姐姐是怎么回家的呢？是被爹还有我捆到大战场的。

大战场雨水多，就像娘想姐姐的眼泪一样总流不完。娘望着窗外的雨水淅淅沥沥地飘洒着，不由得打着哆嗦。雨水的凉意飘进来，屋子里灰蒙蒙的。娘往窗子跟前挪了挪，把头伸出窗外，向远处凝望。这时爹说话了，"今年的雨水多，来年庄稼收成好。"爹卷着沾满泥巴的裤腿说。娘知道这是爹用来年的庄稼转移话题，娘不在乎地里的庄稼，她心里的庄稼都干枯了大半截。娘缓缓地把头伸进来，抽泣着说："你啥时候把娃领上来？"

爹说："这不是不上来吗？我怎么领。"爹低着头抖落着裤腿上的泥巴。

娘往爹跟前走了一步，盯着爹的胡茬说："娃娃不上来你就不管了？十三岁了，还要在张易待下去，我这个娘她还会认吗？"

爹点燃了一支烟，缓缓地放到嘴边，又拿起来对着烟头凝视了一会儿，直到烟灰掉下来烫到了手，才放到嘴里一连吸了好几口。爹咳嗽着说："你说怎么办？你本事大，你回张易领。"爹生气地背对着娘。

娘还在那理论什么，我现在记不清了，依稀记得娘哭了。

第二天爹早早起来喊我和哥哥，那口气强硬得很。掀被子的时候带着一股冷风，像是后爹。我和哥哥爬起来就穿衣服，谁也不敢磨叽。爹说要带我回固原，想起张易的山，我的胃里就流动着一股酸。果不其然，还没到张易我就开始晕车呕吐，我心里笑自己每次回张易总带一份厚礼。

张易也在下着细细的小雨，雨声一会儿急一会儿缓，前面的几处院墙似乎承受不住雨水的浸泡，有点坍塌的迹象。我和爹顺着泥泞的小路向爷爷家走去，鞋子上沾满了厚重的泥浆，走每一步都很吃力。村口堆放的牛粪被雨水冲得满路都是，对面过来的蹦蹦车溅了我一身的泥巴。我擦着脸上的泥巴，恍惚间看见了放学回家的学生，那里面就有我的姐姐。她瘦瘦高高的，穿着破旧的鞋，书包也早已看不出原来的样子，只是脸蛋依旧红扑扑的，头发稀稀拉拉，黄得像枯草一样。姐姐穿着大红色的裤子，那裤子又宽又长像水桶一样裹着她，裤边上沾了一层层泥巴，一看都是奶奶买的旧衣服。姐姐看见我和爹在她身后走着，回头胆怯地望了一眼，便加快了步伐。

我和爹在她身后走着，姐姐丝毫没有理会，只是时不时地回头看看，大概是怕我们追上她了。她低着头在泥泞的小路上前行，腿和脚迈得很快。雨越下越大，我们浑身都湿透了，爹哆嗦着说："快走，我们和你姐姐一起回家。"我和爹小跑着追姐姐。

哪承想姐姐看见我和爹在后面紧追，她头也不回地跑，见到人就喊救命。村里的伯伯指着爹的鼻子骂："太不是东西了，几年里不管不问，来了还追着打。"姐姐听到有人为她撑腰，更加肆意妄为了。她躲到伯伯的身后死活不到我和爹这边来。

我们就是最熟悉的陌生人。

"姐姐，我们回家吧！娘想你了，哥哥也想你了。"我对姐姐说。

姐姐紧紧地攥着伯伯的裤缝，低着头不说话，默默地在后面走着，突然她停下来捡起路边的树枝条，不停地摔打着，大概是不想让我们靠近。

爹停下来，站在路中间盯着姐姐看，雨水顺着他的头顶往下流，爹把自己站成了一座雕塑。姐姐却吓得往后退了一步，大声嚷着救命，还用枝条摔打着一个水坑，泥巴溅得到处都是。

爹慢条斯理地向姐姐靠近，他擦着脸上流下的雨水说："孩子回家吧，爷爷奶奶老了，身体不太好，你是我们的孩子，始终要回到我们的家中。"爹每个字都在颤抖着。

姐姐发疯似的在雨地里跑着，爹在后面跟着追着。看着眼前的姐姐，我不敢相信，这就是我的亲姐姐，我爹娘的亲闺女。我在雨地里傻站着，突然爹大声喊道："不来帮忙还杵在那里干啥？"我边答应着边往姐姐跟前跑。姐姐看见我情绪更加激动，连踢带打。我死死拽着姐姐的衣服不松开，她胳膊不断地向后摔打。爹赶过来紧紧捏住姐姐的手，微笑着说："你看你都多大了，还耍娃娃脾气，走，我们回家。"爹拉着姐姐的手转身就走。

姐姐满身都是泥巴，像是从地窖里爬出来的一样。她的身上没有小学生的天真烂漫，她的目光和举止间流露出一种陌生，她扭着头背对着我们。爹叹了口气说："这几年每次带你都不去，你到底为啥不回去？你娘为你哭瞎了眼。"

姐姐低着头踢着脚底下的泥土。爹不再说什么，拉着就走。姐姐和老黄牛一样，鞭子抽打一下往前挪一步，爹给我使了个眼色，我在姐姐身后往前推。正好，有班车路过，爹连爷爷家门都没进就拖着姐姐上了车。在车上，爹往她跟前凑，拽着袖子一点一点擦去她脸上的泥巴。姐姐那双愤怒的眼睛死死地盯着爹，爹叹了长长的一口气说："孩子，这些年爹为了穷日子对不住你呀！"我挽住姐姐的胳膊小声说："姐，娘想你都哭了，娘为了让爹接你挨爹的打了。"姐姐没吭气，但是没有之前那样抗拒。爹又转过头来问姐姐："到固原市了给你买身衣服，你看你衣服湿透了。"姐姐摇摇头，我打着喷嚏说："爹赶快走吧，不然回不去了。"我死死地攥着姐姐的手。车窗外雨就像水桶一样往下倒，回家的路已经变得模糊不清。

终于到家了，娘小心翼翼地给她端水送饭，姐姐还是不高兴。她每天念念不忘的都是爷爷奶奶的村庄，她的哭声也是一触即发，让人厌恶恼火，像是火上浇油一样，她一哭，爹的坏脾气就给燃起来了，我们一家人也不得安生。

二

姐姐一点儿也不适应大战场的生活，她总是一个人趴在窗前悄悄抹着泪。吃饭的时候，一家人是很开心的。娘说一家子总算团圆了。我们围着饭桌，可姐姐总习惯于端着饭蹲在墙角，眼泪吧嗒吧嗒往饭碗里掉。她哭了好长一段时间，才慢慢适应了，每天都跟着娘下地干活。

娘和姐姐在玉米地里扣着破旧的草帽子，捂着口罩，只剩下两只眼睛在扑腾盯着一片玉米田。姐姐的鼻子上沾着一层黑，看上去很恶心。她晃动着身体从密不透风的玉米地里走出来。娘摘下帽子边走边拍打着身上的灰尘，摘下口罩，姐姐看见娘牙齿上、鼻孔里的污垢，龇着牙跑得远远地看着。她跟娘还不亲近。

转眼到上学的时候了，那个时候学费还没有减免，我们姊妹三个的学费愁得我爹夜不能眠。我们一大家子在一个炕上睡着，爹经常半夜起来在炕头上盘腿坐着，一坐就是大半夜。娘还天天唠叨，嫌我爹没有去学校打听情况。姐姐是转校生，校方让再等几天，于是她每天跟着娘去地里干活。我爹也烦躁，扔了句："这就去看！"便在燥热的空气里走了。

我爹硬着心，叹着气坐在杨树遮挡起来的阴凉里，他没有去学校问姐姐上学的事。傍晚的时候我爹回来了，一进家门就气急败坏地说："这老师真不是东西，说咱大女儿在老家上学，这里不收转校生。我又去找校长，校长也说不收，我说了半天好话人家也不收，没办法了。"娘半信半疑地盯着爹的眼睛看，"你说的是真的？"爹拍着胸脯说千真万确——爹其实欺骗了姐姐，他那时候没有经济能力供三个孩子上学。

听说不能上学了，姐姐睁大了一双小眼睛，嘴里默默念叨着："我上不了学了。"声音好像从肠道里发出来，有种柔肠寸断的感觉。

三

姐姐辍学时只有十三岁，小学都没有毕业。姐姐开始学做针线，绣鞋垫，由最开始简单的图案到后来烦琐的花样，姐姐已经熟练地掌握刺绣技巧。她也越来越喜欢绣鞋垫了，半夜悄悄地点着油灯绣鞋垫。昏黄的油灯把姐姐的脸映得焦黄，我爬起来揉着眼睛喃喃地说："姐姐在做嫁妆？"姐姐总是狠狠瞪我一眼，继续做她的针线活。

后来姐姐竟然学会了做鞋，娘会买各种颜色的条绒布，由着她做。姐姐把我穿过小得不能穿的衣服洗干净剪成小布条，用打好的糨糊粘在一起，姐姐说这叫"袼褙子"。在袼褙子上面粘一层条绒布，按照花样子剪下来，锈边、上底，就做成一双鞋子。姐姐做的鞋比娘做的样子好看，还会在鞋子上绣花。五彩的丝线在她的手里就成了百花园里盛开的花，素雅的丁香花、富贵的牡丹花、冷傲的梅花。有一段时间，一放学回家，家里站着的坐着的都是找姐姐学手艺的。

姐姐除了做针线大部分时间都要和我娘在地里干活。那几年我爹外出打工，我娘眼睛不好，种地的重任自然落到了姐姐身上。姐姐也不抱怨，像家长一样每天操心着地里的庄稼。

一次竟然因为我，我娘将姐姐打了。那时候家里养的猪多，娘说庄稼和猪就是我们的粮食和书本，还是我们的衣服和肉。放学后，我还没进大门，姐姐就扯着嗓子喊："快来，快来抱草来。"我心里很烦闷的，中午只有两个小时吃饭、作业、来回的时间，我心里的火已燃起。还没走到姐姐跟前，我嘴噘得能挂一个油瓶。姐姐看我态度不好，就说了几句，依稀记得那话语很粗很重，瞬间点燃了我心中的怒火。姐姐放下手里的草，几个巴掌把我打趴下，我翻起来抓住姐姐的手指头狠狠咬了一口。娘慌忙跑来，见我张大嘴巴仰着脸傻哭，她抓起猪圈旁立着的粗棍，朝着姐姐的身上打去。姐姐一跳一跳地躲着，但还是挨了几棍子，腿都打麻了。

那段时间放学回家，我总是先去地里拔草，帮姐姐干点活，或多或少能减轻我的罪恶感。我走进玉米地，看见姐姐在玉米地里探出头来，抱着一堆草一瘸一拐地从密不透风的玉米地里走出来，她粉嫩的脸颊已被太阳晒得发红发黑。草叶和尘土沾在姐姐的脸上，被玉米叶子划过的地方红肿得像一条条蚯蚓。看着眼前的姐姐，我想起了那些和姐姐一样大的人，他们正在学校里读书，我心里一阵阵酸楚。

玉米种得稠，长势又高，空气不流通，就给害虫提供了舒适的滋生空间。七八月份是高温天气，太阳炙烤着，玉米被蚜虫吸取了养分，耷拉着脑袋，一副奄奄一息的样子。由最初的墨绿病变成枯黄，严重的从根部枯萎。我家一年的希望就在这些玉米上，看着玉米病了，姐姐的心也跟着病了。我娘有皮肤病，只要沾上农药身上就一大片一大片地起红疹。姐姐决定给玉米打农药。

　　毒辣辣的太阳当空挂着，一时半会儿还不会下雨，这正是姐姐所期望的，越热越好。天气越热，打了药水，经太阳一晒，蚜虫就会死得更快。她背起喷雾器，兑好药水就要往玉米地里赶。在姐姐看来，蚜虫是和她抢夺要到口的粮食呢，姐姐是要早除之而后快，一刻也不能耽误。

　　"太阳那么毒，我去！"娘在一旁说。

　　"你身上一碰农药就过敏，你不是不知道。我去！"姐姐反驳道。

　　十亩玉米，我姐用了两天打完，光水我和娘都拉了十几桶，姐姐一直背着喷雾器，一边打药，一边龇牙。娘掀起她的衣服，肩膀两头两条红肿的勒痕高高凸起，背部有一坨血迹斑斑的伤痕，不断有黏糊糊的东西往出流，那是喷雾器压的伤。娘看着伤痕抱住姐姐，泪水洒落在一片玉米地里。喷雾器压下的伤静静地趴在姐姐的背上，趴了好多年。


## 四


　　二十岁那年，姐姐不顾家人反对，要去上海打工。姐姐走的时候是我和娘送到固原火车站的。大概是凌晨三点的火车，看着她在熙熙攘攘的人群里背着双肩包，面容清瘦，左手下垂，右手提着一塑料袋的矿泉水。姐姐强撑着笑，咬着嘴唇低低地说："你们放心吧，我会照顾好自个儿的。"娘有些疑惑地看着姐姐，在娘心里还是有些不放心。姐姐眼睛红红地说："娘，我只想挣钱，把咱家日子过好。"说完姐姐头也不回地上了火车。火车在轨道上缓缓前行，我拖着娘追着火车跑。我看见姐姐背着双肩包在拥挤的走廊里站着，姐姐不敢看窗外。

姐姐到上海以后，经历了怎样重重困难我不知道。她有一次打电话告诉我，一个铅笔厂招工，她报名了。面试的时候，面试官问二十四个英文字母，我姐不知道，哭了。庆幸的是面试官也是宁夏人，一听是老乡就把姐姐破例留下来了。姐姐的第一份工作就是铅笔厂的工人，车间里都是流水作业。姐姐细心认真，每天都是最后一个离开车间的。事实上也是，车间里的一角堆放的都是一些铅笔，没有归类。后来姐姐每天下班后竟将铅笔慢慢归类、颜色归类、型号归类。姐姐的腰弯得像黄浦江上的拱桥。车间没有清洁工，工人们都来自五湖四海，素质自然偏低，有时吃的喝的垃圾纸片扔得满地都是，她经常一个人清扫整个车间。

姐姐得到领导赏识，有幸成了厂里的骨干员工，待遇自然高了一些。姐姐省吃俭用，挣的工资都邮寄给了爹，当我爹第一次从银行取出姐姐邮来的钱时，我娘哭了。那几年姐姐过年没有回过家，每次打电话她总是在电话那头轻轻抽泣，姐姐说过年上班工资高，这就是不回家的理由。但每年她都会托一起回家的亲朋好友给娘带的脑白金，给爹买的保暖衣。

有了姐姐的帮衬，家里的日子日益好转。爹决定盖新房，姐姐知道后鼎力支持。她开始筹备着修建房子的费用，隔三差五地打电话和爹商议。爹说木头就用杨木的吧，姐姐不同意，说要盖就盖好，用松木，至于钱的问题不用担心。不到一周，爹去银行取钱，姐姐打了多少钱我现在记不清了，只是记得我爹数了大半天。后来邻居家的大哥哥给我爹打电话了，他说我姐每天吃饭只吃白米饭，没有菜。白米饭是厂里免费送的，而且姐姐白班上了还上夜班，就为多拿点儿加班费。说姐姐消瘦得厉害，两条腿就像麻秆一样。

　　家里的房子盖好了，不断有人来说媒，姐姐确实到了考虑个人婚事的年龄，可她说啥也不回家，还想在上海打拼几年，家里日子好过了再考虑。可和姐姐一样大的姑娘们孩子都上幼儿园了。爹说我娘病了，我姐才辞职办手续回来了，走的时候厂里的领导集体欢送。姐姐回家来了，她带着所有的东西回来了。

# 五

　　姐姐在上海待了四年，黄浦江的水洗去了西海固的红脸蛋，但骨子里的淳朴和真诚清晰可见。姐姐回来后家里焕然一新，她喜欢干净，把客厅堆放的闲物都集中到库房，在大门口两旁种了一些花草，吸引了不少蜜蜂、蝴蝶。姐姐跪着用抹布擦着每一块地板，擦得明亮明亮的，能照见人。姐姐身材高挑，说话柔声细语，那双眼睛小而聚神，总能捕捉到一丝宁静和聪慧，一头飘逸的长发瀑布般披在肩上，翘翘的鼻子，还有一张小嘴。姐姐的五官长得很精致，怎么形容呢？《红楼梦》里林妹妹的扮演者陈晓旭老师和她眉眼之间有几分相似。当然这不是我信口开河、胡乱瞎说，见过姐姐的人都这样认为。那时候哥哥还在中宁中学读高中，姐姐去学校给哥哥送生活费，在楼道里遇见了哥哥的班主任，姐姐让班主任代转。哥哥的班主任盯着姐姐看了半天，直到姐姐的背影完完全全从校园里消失，他才到教室里把哥哥叫出来问我姐是干啥的。姐姐在我们村甚至乡上都是很有名的，美是一方面，最主要的是姐姐听话，用我们村上人说的话是"学的乖"。村里人都羡慕我爹娘生了个好闺女，可我爹娘也发愁，二十六岁还没有对象，这在农村是很少见的。

我娘不让姐姐去田里干活，说是怕姐姐鸡蛋清一样的皮肤晒黑。姐姐执意去锄草，她换上我的校服，穿着娘做的布鞋扛着锄头就走。烈日当空，玉米热得弯下了腰低着头默不作声。不见风的影子，黏糊糊的空气好像凝住了，地里冒着土烟。姐姐把自己捂得严实，只露出两只眼睛来回地盯着眼前的枯草。姐姐锄草还是和当年一样，一鼓作气，锄完草才回家。

在家门口停着一辆红色的轿车，很快来往的人将红色轿车包围。姐姐看都不看提着草进了屋，娘凑到姐姐耳边说有人说媒，让姐姐梳洗打扮。那个年代，我们村里甚至乡上开轿车的人不多。我欺负姐姐说："看来这是个有钱姐夫。"姐姐瞪了我一眼，盯着自己手腕上竹筐压出的红肿说："有钱是他的钱，和我们有关系吗？"姐姐拿毛巾擦洗了脸，就去厨房做饭，轿车里的男子摇下玻璃窗鄙夷地看着我家。第二天那男的又来了，姐姐愣是不正眼看一眼。那男的是我们乡上的首富，家里是做生意的，家底殷实，娘说姐姐嫁过去锦衣玉食，可姐姐死活不同意。姐姐眼睛瞪得很圆，愤愤不平地看着娘说钱是啥？有人就有一切，钱财都是身外之物，她是要和人过日子而不是钱。这事在姐姐再三坚持下也就不了了之了，后来那男的辗转和我们村的几个姑娘交往，糟蹋了不少，却没有和哪一个结婚。

　　姐姐后来遇到了姐夫，她自己的那一套逻辑全部乱了。我那个时候上高三住校，我娘说我姐自己去红寺堡看家去了，我心里犯嘀咕，姑娘家一个人去看家合适吗？不到一个月的时间我姐要结婚。我问姐姐为什么。姐姐说姐夫是个老实人，也是苦孩子。有着相同的经历、相似的家境，因此他们会珍惜着过日子。婚后，姐夫起早贪黑到处打零工、刮腻子，甚是辛苦。姐姐心疼姐夫也是为了多挣点儿钱，同姐夫商量包着干，姐姐竟然当起了小工。我高考结束第一次去红寺堡，在工地上我见到姐姐正推着灰车小跑着，她的脸上、衣服上糊得全是泥浆。姐姐见到我，笑着不让我碰灰车，见到工地上的工友们说这是她妹妹，刚刚高考结束。姐姐的脸晒得泛黄，我从头到脚地打量着姐姐，这才发现姐夫微笑着站在一旁。

　　后来两个孩子相继到来，给这个小家增加了不少乐趣。姐姐再次用她的勤俭持家和任劳任怨遮挡一片风雨。姐夫爱喝点儿酒、打个小麻将，酒和麻将是男人们缓解生活压力的一种方式，而酒后的姐夫变得异常唠叨，还会发一些小脾气，甚至会动手。姐姐常常会悄悄落泪，落泪之后便更加辛勤地劳动。

　　那个时候，我还是一个粉嘟嘟的胖丫头，满脸的痘痘，穿梭在医院的走廊里。我第一次见丈夫是在我们乡上的餐厅里，见到他，我就觉得这就是要照顾我一生的人。家里没有一个同意的，特别是我娘。姐姐晚上和我睡在一个被窝，她盯着我的眼睛说："你要想好，这可是一辈子的大事，瞅准了，结婚后过不到一块儿再离，老胡家还没有出过这样的人，坑人的事咱不做。"后来我们结婚要买戒指项链，我因为心疼爹娘，想着把钱留下来给爹娘，我娘开始推辞后来也就同意了，姐姐知道后情绪波动很大，甚至是愤怒。狠狠地数落我娘，又把我拉出门外。姐姐流着泪说："你怎么傻着呢？家里坑大没法填，你这个时候不买，婚后拿啥买？你婆婆家给你的钱别给娘，自己留着过日子。"

祸不单行，一场突如其来的车祸将我的踝关节掏了一个洞，姐姐三天没有闭眼守着病床。当我醒来，脚上打着石膏，绷带一层层地裹着。姐姐攥着我的手默默流泪，阳光透过窗户斜照进病房，我抬头看了看温暖的太阳，它还是那么不紧不慢地散发着灼热的光芒。疼痛仍旧没有远离，在骨头缝里蔓延。在我疼痛难忍时，姐姐抓住我的手流着泪，嘴角还在笑着，静儿你是最坚强的！车祸之后，我便在家静养，姐姐又怕我孤独无聊，把小外甥带到我家陪我说话聊天。也幸亏有小外甥的陪伴，不然我真不敢想象如何度过这段透骨奇寒的时光。

恰在此时，姐夫不幸在盐池的工地上摔伤了腰。姐姐把一片黄花扔给了公婆，自个儿带着姐夫去医院治疗。术后，姐夫在家静养，那段时间姐夫总是莫名其妙地冲姐姐发火，甚至赶我姐走，姐姐总是一声不吭，悄悄地躲在姐夫看不见的地方。说也奇怪，姐夫从医院回来高烧不止，特别是在晚上，姐姐经常半夜三更背着姐夫出入医院。我姐夫一米八的大高个，我实在想象不到我姐是怎么背动弹的。姐夫是工伤，老板自然是要负责任的，她去盐池找老板要钱，老板娘不依不饶，跳起来指着姐姐的鼻子骂了好多难听的话。姐姐就不去要了，但姐夫还有二次手术，还得花钱，只能借钱。背了债，姐夫又落下了伤病，姐姐家的日子更难了。

# 六

算算日子，离哥哥结婚的日子越来越近。布置新房，擦洗玻璃墙面，买零碎的东西，一系列的事情让我们几个很为难。犹豫了一番，姐姐站起来说："你们两个好好上班，谁也不许请假。我没有班上，这些事情我来。"她又回过头盯着哥哥的眼睛说："你放心我吗？要是放心，把你房子的钥匙给我留一把，我白天下来收拾。"哥哥乐得合不拢嘴，顺手递给姐姐钥匙。

哥哥的房子虽不大，八十多个平方米，但是仔细收拾起来甚是吃力。不大的房间里摆设也不多，油烟机已经看不出原来的颜色了，饮水机污垢堵住了水流，属于半瘫痪状态。餐桌上油污浸染桌面，凳子东倒西歪，床上的被子蜷缩在角落里，沙发上堆满了换下的衣服袜子，卫生间里，头发、内衣、化妆品堆着，整个房间弥漫着让人窒息的味道。姐姐开始着手忙活。她踩着凳子，把油烟机的各个部分拆下来，用清洗剂洗完，还要用清水冲洗干净，最后不忘发个朋友圈。通过姐姐的朋友圈我才知道光油烟机和饮水机洗了整整一天。

第二天姐姐收拾床铺。她把床上所有的床垫、床单都揭了，直到露出床本来的样子。用笤帚仔细地扫了一遍，甚至把早些年遗留在床头缝里的瓜子皮、头发丝都清扫了出来。那厚厚的灰尘落到了姐姐的头发上、睫毛上，像是一层冰霜，呛得姐姐直咳嗽。姐姐倒了杯水坐在凳子上缓口气，这些活搁在以前她只要花半天时间就能整理得窗明几净，一尘不染。可现在不行，尤其是生完两个孩子，月子里洗洗补补，落下了一碰水手就会浮肿的毛病，木木的、麻麻的，干啥都不麻利。心里想着快点干完，可行动上却是力不从心。

喝了一口水，姐姐趁着一股干劲清洗被褥、床单、被罩。虽说结婚用新的，可婚后终归是要用的。姐姐是个会过日子的女人，自然什么事情都为哥哥着想。那个时候哥哥家里没有洗衣机，她便把所有要洗的包裹在床单里，扛回她家清洗，最主要的是楼上太小没地方晾晒。姐姐说她从五楼扛到小区门外，那些人用奇怪的眼光看她，很刺眼。"我弟弟结婚，我给洗个床单很奇怪吗？"我说："明知刺眼为啥还要背呢？他们自己住了多久，自己不会洗吗？"姐姐无奈地笑了。

姐姐回家不知怎么说服的姐夫我不得而知，只是记得我晚上下班去哥哥的房子，姐姐正在用白漆刷墙面，姐夫由于身体原因在一旁帮忙。洁白的墙面使整个屋子都有一种焕然一新的感觉，瞬间觉得房子都大了好多。再看看旁边的两个小外甥，小的吃着馒头看手机，大的脸拉得长长地写作业，桌子上放着冰馒头。

姐姐是个话匣子，一阵不和人拉闲就闷得慌，尤其是让姐夫给我哥干活，姐姐便想方设法讨好姐夫。她忙手里的活，嘴里止不住地夸姐夫，惹得我姐夫呵呵直笑。我姐夫是个慢性子，不太爱说话，大多数都是类似"是""好"或者"行"的应承。我一直在捣鼓手机，整个房间里一直是姐姐喋喋不休地说。偶尔抬头，能看见她粉色的头巾下汗珠儿在额头上滚动。

干了一天，肚子早发出了最后通告。姐姐的儿子饿得直哭，还尿了一裤子，姐姐忙赶过去哄。她怕姐夫看见生气，就悄悄地把卫生纸垫在娃娃的屁股后面。姐夫说累得干不动了，在外面餐厅吃算了。姐姐说："外面的饭不好吃，你们收拾，我先带着娃娃回，回去给你们做醋长面。"等我们进门，姐姐的醋长面已经下好端上了桌。姐姐的茶饭好，长面擀得薄薄的，捞起来滑溜溜的，咬一口筋道得很。姐夫一口气吃了三碗面喝了一碗汤，他打着饱嗝问给哥哥出多少礼？姐姐说："在红寺堡亲戚少，我们得多出点儿，我们俩每人一千。"她看着我严肃地说。我心里咯噔一下，好家伙，我一个月的工资，再看看姐姐，她低着头端着碗吃饭。

哥哥结婚那天，姐姐一夜没睡，眼圈泛着青黑。看见哥哥牵着嫂子的手走上红毯时她笑着哭了。

姐姐对娘对我们家人，甚是照顾。

我娘年龄大了，血压一高就晕过去了，加之视力直线下降，爹在外打工，照顾娘成了大问题。我结婚后，一直在幼儿园上班，单位考核、公开课评选，说实话哪一样我都不想落到人后面。除了正常的节假日，很少有时间回去看看我娘。照顾娘的事，主要还是靠姐姐。有一次姐姐给娘打电话打不通，吓坏了，大清早坐着最早的班车去大战场，把我娘接到她家。姐姐一边干庄稼地里的农活，一边照顾我娘还有两个孩子。姐夫依旧在家门口附近干点零活，勉强过日子。

姐姐争强好胜，日子却没过到人前头，她说这都是没念书的原因。好在姐姐的两个孩子各科成绩都很优秀，尤其是她女儿，扎着两个羊角辫，脸上写满了纯真可爱，不光学习成绩好，舞蹈、美术也很棒。姐姐眼睛湿漉漉地看着我说，吃喝不成也要好好供养孩子上学，不能让孩子走她的老路。

在我写这篇文章的时候，电话响了，拿起来一看是姐姐打来的，她说："快来吃饭，我做的肉。"放下电话，我的泪水打湿了稿纸。

# 他去了清水河

一

　　每年清明，我都会去同心扫墓。站在老师的坟墓前，我心里总是默默地说，老师，你在那边还好吧？同心的花儿开了，记着摘一朵啊。晒晒太阳闻闻花香，和马尔克斯一起谈谈小说，一定是你享受的。

　　老师最喜欢的小说家是马尔克斯。听师娘说，在病中他曾喃喃道："多年以后，奥雷连诺上校站在行刑队面前，准会想起父亲带他去参观冰块的那个遥远的下午……"

　　老师最终还是走了。纵使知道人终有一死，纵使清楚他无法抗拒癌症，我们依然悲痛万分，心如刀割。也许老师离去的意义就是让我们知道有多怀念他。

　　老师去世后，我一次次去同心，利用假期，利用开会，利用采风，甚至利用周末短暂的一两天。红寺堡—同心，同心—红寺堡，反反复复。仅仅去年就八次赴同。即便如此，老师去世前的几个月我终究没有见他一面，这样的遗憾别人是没法理解的，甚至有老师的学生问我，老师去世时我们都去看望了，你为什么不去？

　　老师从患病到去世只有半年的时间。他得病，我是知道的。

记得老师去世前的那半年，简直就是"进祥年"。他的长篇小说《亚尔玛尼》以充满魔幻现实主义的气质刊登于二〇一九年《民族文学》第二期，他的短篇小说集《生生不息》入选中国作协"中国少数民族文学之星丛书"项目。在这段时间里，每天的朋友圈都是关于李进祥老师的各种头条、作家网的各种报道，他手头还有一部旧作正在等待或寻找出版社。我猜测，老师现在是真正意义上的大家了，怎么会理会我这样名不见传的基层作者，抑或老师可能在偷偷写东西，没空搭理我，这样想过几次，我便不再纠结。四月初，我去银川看病，排队等候间隙，翻了老师的朋友圈，看他的动态是在吃药看病，于是就发了条信息："老师，我来银川看病，顺道看看您和师娘。"老师很快就回复了："我很好，你师娘也好，无须挂念，照顾好自己。"（这是老师善意地拒绝）我顺从地答应了，看着那简短的几个字，眼泪模糊。

最后的时刻来临。六月初的一天，马悦老师打来电话，说老师的病情加重了，已不能进食，全靠输液维持。我心急如焚，联系了师娘。她啜泣着说："再不来了孩子，他身体好多了，这段时间谁也不见，他现在需要静养、休息，等他好了你们再来吧……"于是便自我安慰，算了，就别添乱了，等过些天老师身体真正好起来再去看吧。

二

我和李进祥老师相识应该是在二〇一七年八月份。那时，我还是幼儿园的一名老师，上课教孩子之余，总感觉生命中缺了点啥，于是便写点小心情之类的东西，慰藉自己，但羞于示人。有一次我在朋友圈无意间看到李进祥老师的小说《三个女人》，文章顶部是作者的简介和照片，照片是黑白底子，他的脸部给人深刻的印象，两道浓浓的眉毛泛起柔柔的涟漪，好像一直带着笑意。他伏案写作，给人一种静谧安详的画面感。

初见李进祥老师，源于吴忠市文联组织的征文颁奖活动。晚会结束后，我在门口碰见李老师，他笑着说你就是胡静吧？这一笑本来不大的眼睛眯成了两道弯月形的缝，向上翘着，露出有些宽的门牙，特别亲切随和。我说起老师的短篇小说《换水》，很多正在准备离婚的或者有离婚想法的看完这篇小说估计不会离了。可是他什么也没有说，憨憨一笑，嘴唇紧抿，仿佛在刻意地保守着一个秘密。

很快，红寺堡宣传部搞征文活动，我和老师又相见了。老师既来颁奖，又搞讲座，给我们基层的作者送上了一桌大餐。那是我第一次听他讲座，印象尤其深的是老师那特有的嘿嘿笑声，不知为什么，总有些不同一般。老师的讲座完全是聊天式的，随意而又自在，信息量很大。两个小时的讲座，不知不觉就过去了。临结束时，老师突然提到了一件事："我是用百分之八十的时间在讨生活，百分之二十的时间在写作，先把生活搞好，写作是一辈子的事情，慢慢走。"说完嘿嘿笑几声，径自走了。

那天台下的听众都是一些基层的作者，有农民、保安、清洁工、工人，大家面面相觑，有点尴尬，讲座的好坏没有人评论，相反对老师这个人，倒产生了浓厚的兴趣。不少作者认为，这位李老师盛气凌人，太高傲了，今后恐怕不大好接触。还有一些年龄比较大的作者认为，讲文学的老师，尽劝人过日子好像有点说不过去。老师留给大家的第一印象，委实不怎么好，摇头叹气的大有人在。

我心里嘀咕，写作和生活不冲突嘛，难道生活窘迫的人还不能搞文学了？文学也分生活质量？这也未免太……

后来我在老师的朋友圈、博客上认真地查找老师的小说，乃至一切与他有关的资料。忙碌了好几天，读了老师的五六十篇短篇小说，大约百万字。印象最深的是《口弦子奶奶》《换水》《女人的河》《四个穆萨》，这些文章大都发表在《十月》《当代》《小说选刊》，当时能在这些刊物上接连不断发表文章的作者，在全区不是很多。尤其是《换水》，让我爱不释手，渐渐读出了清水河的苦涩与淳朴。他的扛鼎之作《换水》荣获少数民族文学创作骏马奖，《四个穆萨》入围鲁迅文学奖，所以作者们对老师都很敬重，但大多数敬而远之，主动接近的比较少。

我读小说，抱着学习的心态。一些作者的阅读总是难以排除职业化的索取意义，眼神乱飘，东摸西捏，反正多少刮点儿什么下来才算完，结构、情节、细节空间的处理，等等。对老师的小说我放弃了类似的企图，一半愉悦一半不甘地放弃。愉悦的部分，是可以回归到吞咽字纸的本初之乐，一心感受味蕾的颤动。不甘的部分，是有点拿老师没办法。他在清水河走路的样子、说话的样子，及抿着嘴笑的瞬间里的朴素、家常你看得一清二楚，但是想要模仿碾压恐怕没门。那样一定会很拙劣，破绽百出。这正是老师文学的特点，他的文本有一种对乡土的痴恋与悲悯，像一个未施粉黛的乡村姑娘，步履匆忙地埋着身子走，你明知道他是有意如此，仍会为之感到心碎，感到压迫，感到清水河的爱与疼。

仔细研读老师的小说，我似有所悟，对老师有了新的认识，自己也开始学写小说。随着时间的推移，我甚至觉得，老师之所以这样说是因为在老师看来，生活远远高于写作。我们还是读书太少。老师曾说，把日子过好了再写作，文不养家嘛。但要想写作就要专门读书，不好好读书那你们来干什么？有比较才有鉴别，只有大量读书，才能谈得上真正的比较。老师倡导搞文学的一定要多读书，读好书，不断地充实自己。在后来撰写的随笔《父母如花》中，老师特意提到了年少时读书的情景："在同心的几年中，我大量阅读书籍，只要有时间就静心阅读。"读到此处，我好像听到了老师那独特的嘿嘿笑声，那应该是欣慰的笑声吧！

是的，老师总爱嘿嘿笑，不管与普通作者还是与成名的作家都一样。说话前嘿嘿，说话中嘿嘿，说话后嘿嘿。不同的语境，嘿嘿的内容不大相同，且滋味非常丰富，常引人遐想。但在作者的眼中，老师就是个心直口快的人，疾恶如仇，是非分明，眼睛里容不得沙子。虽极有个性，很可爱，又不大讨人喜欢。在课堂上，老师却常常令我们惊喜，授课天马行空，纵横驰骋，新见迭出，又擅长指点文学之外时事，臧否人物，抑扬顿挫，痛快淋漓，嘿嘿不断。每节课后谈起来，我们都感到新鲜得很，非常解渴。大家热烈讨论，交换着各自的看法，兴致勃勃。现在想起来，这也许是老师屡遭磨难的一个重要原因：太直率。有一位老先生的著作，谬误较多，他毫不留情地指出来，并痛斥道："这不仅是误人子弟，还是犯罪！"我们有些吃惊，甚至不好意思，可他一点顾忌也没有，压根儿没考虑到那位老先生能不能接受。批评完著作，见着人家老先生，又像没事儿一样，依旧嘿嘿地笑。

<h1 style="text-align:center">三</h1>

一阵寒风吹过，树上便纷纷扬扬地飘舞着枯叶，老师站在文联的一棵老榆树下等我，那是我最后一次见他。老师瘦了，瘦得很厉害，但精神看上去还不错，他那天穿着一件黑色加厚外套，领子上还带点毛。远远望去，他打着寒战。

天已经黑透了，半个月亮从东边天际升起，我站在榆树下，问他什么时候学习回来的？冷不冷，他好像有些紧张，回答得迟疑而又短促。更多的时间是沉默，他默默地站着，一句也不说，只是目光在和我相遇时，我看见那眼睛里的清澈。

我郁郁地对老师絮叨，银川广播电视台综合广播找我做节目，安排的时间有点晚，节目录制完都这个点了。

老师感到很意外，他跺着脚双手捂着耳朵说："咋话？做节目？做啥节目？"

我搓手不好意思地说："主持人赵枫给我打电话，让我来。"

老师情绪激动地说："报销路费吗？"

"不报销，自理。他们说，有作品了让我来，这是宣传宁夏本土作家……"

老师毫不客气地打断我吞吞吐吐的话："宣传，你拿什么让人家宣传？你有五篇拿得出来的作品吗？你够宣传的分量吗？"

他往前走着，一阵风吹过，湖面的新月倒影被揉成银色碎片，一波一波平漂向岸边。

凝思片刻，老师注视着湖面，默默地打开手机，看了一眼时间，说："都六点了，还没有吃饭吧，走，吃饭走。"

就近找了一家餐厅，月色也很好，老师坐到靠窗边的椅子上喝茶，目光投向无垠的夜空。夜空清明，星星放射出晶莹的光芒，仿佛眼里的泪花。一弯银镰悬挂苍穹，照得四周如同白昼。

那晚，他急着想说什么，但说不出来。几杯茶水下肚后，他慢慢地抬起头说："最近还忙吗？"

我放下手里的茶杯说："也忙呢，我请假来的。"

老师强调说："以后这样的活动再不要参加，一个搞写作的人往热闹地方凑不好。"

老师品着茶，直视着我，这时，我才发现他发黑的脸和泛青的眼圈，心里荡起了一阵凄然。

老师和我聊天的过程中他像往常那样的神态自若，一根接一根地抽烟。最后老师意味深长地说："写作是一件苦差事，没有捷径可走，还是把生活过好，写作放到最后。"

我半晌无语。

四

我提着一大袋子书籍，踏着黄昏的路灯慢悠悠地往家走去。都说女人天生爱逛街，可我更爱待在书店。好不容易上楼来，感觉骨头都散架了。家里黑乎乎的，摸索着打开灯，将手中的一整袋书放到沙发上。对于买回来的书，我根本没有兴趣看，躺在书侧闭着眼睛好好歇息会儿。当天晚上，我突然做了一个非常奇怪的梦，梦到老师看到我，连说话的力气都没有了，他努力地抬着胳膊……

第二天一早，马悦发微信了，说李进祥老师昨晚去世了，人已经拉到同心老家了，她们正在往过赶。我脑子里像一颗炸弹炸开了，我放开嗓子大哭。

二〇一九年六月十八日，老师去世了……不，他去清水河了。

一路上我的眼泪随着思绪飞舞，我压制不住内心的悲伤，等我和张治乾老师赶到时院子里已经站满了人。

我紧紧跟在张治乾的后面，向老师最后告别。白布紧紧地裹着他瘦小的身躯，只露出一张发黑的脸，那双发青的眼睛深深地塌陷下去，我无法想象他是经历了怎样的疼痛折磨。我站在他的遗体旁边不走，我放声痛哭。

老师的坟在茫茫的平原上显得特别小，就像一个孩子玩耍时堆的土堆。死亡的景象是那么卑微和荒凉，老师是热爱这片泥土的，只是他没有想到这么早就回到了清水河，这永恒的归宿。

又是清明，屈指算，这是老师走后的第二个清明节了。这段时间，我的日子里充满了对老师的回忆，伤感却温暖！

# 人在旅途

一

刚到兰州的时候，我在东郊一个又旧又偏的小区租了房子。房子没有窗户，很小很黑的一间，进屋必须开灯。好处是房租还算合理，一间二十平方米的房子月租五百元，这在当时已经很便宜了。

怎样才能活下去，这是我面临的最现实紧迫的问题。除了支付房租，支付日常开销，我带在身上的钱已经所剩无几。我必须尽快找到工作，必须挣到可供自己生活的基本费用，这样我才能继续留在这座城市，否则等待我的命运就是被淘汰、被驱逐。

我几乎走遍了这座北方城市的大街小巷。我沿着马路牙子走，没有目的地走，走不动的时候就找个台阶坐下。我望着灰蒙蒙的天，感觉整个城市被一种烟不像烟、雾不像雾的东西笼罩着，让人十分压抑。我低下头去，双手抱膝，此刻能看见的只是人行道上那一双双交替变化的脚，脚步发出的声音富有节奏感，每一声都能深入我的骨髓。有一对和我年龄差不多大的男女，他们停下脚步，用很奇怪的眼神看着我，看得我的脸火辣辣的。我用手迅速将泪水擦掉，然后再次抬起头来，装模作样地向远方眺望，我看到的其实是那么多的汽车，那么多的房屋和那么多的人。可是，他们都与我无关。

那一对青年男女看了看我狼狈无助的样子，也无语地离去。我默默地问自己，世上那么多条路，哪一条我能走得通？

奔波之余，身心极度疲惫之时，我走进一家服装店。老板娘左右上下打量我好一阵子，又仔细询问了一番，决定让我做销售员，同时兼顾打扫店里的卫生，管吃管住，月工资八百五十元。有吃有住，留下自己必需的花销，剩下的几百元还能存起来。可是，老板娘不仅要押身份证，还要押金。老板娘的意思我当然清楚，没有押金，万一我拿了衣服或者钱跑了咋办？我一路省吃俭用，现在揣在衣兜里的钱总共不超过二百元。老板娘说押金至少要三百元。我一再保证，说得口干舌燥，老板娘就是不松口，只认钱，不认人。我只好退出来，又在大街上四处流浪。我进了七八家店铺，没有一家不要押金的。天已经黑了。租房在东郊，返回东郊的最后一趟公交车却赶不上了，我走得腿酸脚胀。在饥饿和燠热中，我临街而立，面对车水马龙、红男绿女，就不由得想起日本作家三木清所言："孤独不是在山上，而是在街上；不是在一个人里面，而是在许多人中间。"这段时间，我对这句话的感受越来越深，可以说感同身受。

我决定打的回去，然而平时只要二十元，今晚居然要一百二十元。无奈之下，我只好去马路对面的旅馆，临时住进三十元一晚的廉价房间。躺在旅馆黄白相间、令人生疑的床单上，我想明天买张车票回老家吧，我何苦要待在兰州呢？我已经找了一个多月的工作，每天往返市区和东郊，参加各种各样、奇奇怪怪的面试，至今没有一点眉目。天亮了。我又头昏脑涨地走在冷清的大街上。我如丧家之犬，失魂落魄，心里结了冰，我不知道自己接下来去哪里。

那些日子，我每晚都不能入睡。兰州的深夜，寂静如井底，把我的心沁得冰凉。我怀疑自己这辈子都找不到城里的工作了，想起父母，想起我生活的那个村子，我想那就是我的将来。

我漫无目标地走着，心灰意冷。走着走着，抬头看见一家餐厅的玻璃窗上贴着招聘启事。我不由自主地推门进去，迎接我的是一个四十多岁的中年妇女。她问我："吃饭吗？"我摇头说："我是来应聘的。"她说管吃管住，我问收押金吗？她说收三百元的押金。我眼巴巴地看着她，泪花在眼圈里打转，哽咽着陈述了自己面临的窘境。我刚从学校毕业出来，找工作都一个多月了，他们都要收押金，我没有钱支付押金，不过我人勤快，不怕苦，不怕累。说到这里，她很诧异，从头到脚地打量着我说："你刚毕业？"我点点头。"你愿意干餐厅的活？"我坚定地点点头。

她犹豫了一会儿，说："这样吧，押金以后再说，明早你过来上班。"

二

在这家打工期间，我学会了炸肉丸子。

肉丸子必须当天做，隔夜就馊了。所以每天凌晨四点，当别人还在温暖的被窝里熟睡时，我就得早早起身，在餐厅的后厨房里洗菜、剥蒜、切肉。等肉丸子炸好了，已经差不多六点；然后打扫店面，收拾桌椅，接着开门营业。

餐厅有很多硬性的规定，不准与店员交头接耳，不准与顾客闲聊，不准坐着，不准玩手机等等。刚开始我不习惯，尤其是最后一条，后来也就慢慢习惯了。人对于环境的适应能力，往往超乎自己的想象。

我记得第一天上菜时，有一个冷菜里面有汤。我小心翼翼地端着菜，朝着有一头短短卷发的客人走去。不幸的是，我还是将冷菜里的汤洒到了客人面前的盘子上。客人横眉冷对地指责我："你这人怎么回事，会不会端盘子啊？"我知道自己失误了，赶忙道歉："对不起，对不起。"客人不耐烦地挥挥手说："算了，你走吧。""谢谢。"我暗自庆幸自己逃过一劫。

客人吃饭，我们在旁边毕恭毕敬地看着。有时候面对飘香的饭菜，我感觉自己的口水逐渐溢满口腔，然后偷偷地咽回去，还不能被客人发现。当然，也不能被餐厅老板发现。服务员偷咽口水等的不雅举止，一旦被客人发现，影响了他们进食，是要被餐厅老板惩罚的，甚至开除。服务员必须让客人吃饱喝足，满意地离场。客人花了钱，这是理所应当的。杯盘狼藉的残局，留给服务员去收拾、去打扫。往往这个时候，餐厅老板便出现了，开始监督服务员的工作，尤其是对新来的服务员。有时候，老一点的服务员也对我吼叫，用这种方式显示自己在餐厅的地位。我不敢反抗，只有忍气吞声地干活。

婚宴更为复杂。我们除了帮助后厨干活，还要提前布置舞台，铺红地毯，往地毯上撒花瓣、装泡泡机，摆放好各种各样的餐具。每次接待婚宴前，餐厅老板会给我们每个服务员发一张长长的日程表，时间精确到分钟。我们根据日程表确定的时间，提前做好各项物品的准备工作。比如有一次，某个局的头头娶儿媳妇，要在这里举办婚宴，提出的要求明显高出不少，让我们早早准备着。我们去郊区的种植大棚选购时令蔬菜,去活禽市场预定新鲜肉食。几天下来,该准备的都差不多了,服务员们也累得精疲力尽。这时,餐厅老板打电话说西山上有一种野菜叫叶兰芝,味道好得很,很上档次,让服务员上西山采摘。之所以临时加这道菜,据说是有个所谓的大人物要参加这次婚宴。餐厅老板让我和一个小姑娘带着锄头铲子进山。折腾了一天,拖着疲惫的身子回到餐厅。叶兰芝是采到了,可我却在山上摔了跤,将右胳膊划伤了。第二天,我的右臂就肿了,疼得抬都抬不起来。餐厅老板说我这是皮外伤,不要紧的,我该干啥还干啥。让人啼笑皆非的是,新郎打算给新娘一个地球仪,婚礼过程中他转动地球仪,让新娘闭上眼睛随手一指,指到哪里,他们就去哪里度蜜月。眼看着婚礼开始了,地球仪却找不到了,新郎的家人大发雷霆,责怪餐厅失职,对婚礼物品看管不严格。我赶紧打的到新华书店买回一个地球仪,才解了围。后来我才知道,是新郎头天晚上来看婚礼场地后,他自己把地球仪拿回家去了。明知这不是我们的错,但是遇上不讲道理的客人,我们也只能委曲求全,不能与客人进行辩解。

　　让我印象深刻的还有一对青年的婚礼。他们是二婚,没有那么多忸怩作态。给新郎递戒指时,新郎偷偷问我他是不是看上去很紧张。我对他说:"没有没有,看上去挺好的,加油!"我靠近这个新郎仔细一看,发现他长得和我的初恋情人很像,尤其是那双眼睛,我仿佛从里面看见了自己以往的投影。当晚婚礼结束后,我疲惫地走在兰州深夜的街道上,竟看到天上挂满了星星。四周空空的,我的心也空空的,这种滋味不好受,像一只小小的莫可名状的虫子,不动声色地蚕食着我身体的某个部位。在空旷的星空下，我竟然忍不住想起了他。我们虽然有彼此的电话号码，但是已经很久没有联系了。我在想，如果此时的我在街头偶遇他，我会不会面无表情地转过脸去，装作没有看见他。

有那么一刻，我很想遇见他。也许，这样的偶遇，会改变我的命运。可是没有。我所拥有的，还是失望。

## 三

后来，我辞掉餐厅的工作，去一家幼儿园上班，仍然过着自己的苦日子。

幼儿园的老师，并没有想象中那么轻松闲适。老师的视线一刻也不能离开孩子。老师每天除了上课，要打扫教室卫生；孩子尿裤子了，老师要负责擦洗；要根据孩子的年龄特点，设计班级主题墙和桌面游戏；要处理家长反映的各种问题。我只能把他们的需求一条条写在笔记本上，笔迹很潦草。

每天下班后，我都是身心俱疲，而中午只有一个小时的吃饭和休息时间，不能提前。园方不提供老师食宿，我只能去幼儿园对面购物大楼地下三层的员工食堂吃饭。一路上要经过十几家品牌服装店，我在一家女装店门口看到一件纯白色长裙，标价八百元。我手头拮据，买不起，可我又不甘心。我就那样静静地站在女装店门口，怔怔地看着那些和我同龄的女孩站在镜子前扭来扭去，就好像看见鱼缸里的鱼儿游来游去。我不知道我是从什么时候开始养成了这样的习惯，也许是那些女孩子轻盈的姿态，让我忘掉了生活的沉重。

穿过购物大楼十几道防火门，那里面极容易迷路。第一次，我一个人去食堂吃饭的时候，以为自己记得路，结果绕来绕去，问了一路才找到回幼儿园的路。

有一天吃饭间隙，我听到嘈杂声，这让我有些心神不宁，频频四下张望。我放下碗筷，看到人流都朝着出口的方向拥挤。我跟着人群出来，看到一群男人架着一个年轻人上了救护车。那个年轻人我认识的，他是从天水来兰州打工的阿强，他晚上回到出租房，白天就在附近的工地打零工。兰州是一座一边建设一边改造的城市，遍布这样的工地。这个早晨，阿强在商场的维修楼层工地上搅拌泥沙。搅拌机前的一辆高臂吊车突然崩断钢缆，吊车巨钩吊着的混凝土预制板半空坠下，阿强是被殃及的一群人中的一个。阿强出事前几天，他孤独地躺在出租房里，我晚上下班了，给他送开水或者送点热饭。

兔死狐悲。阿强的死，使得我的心头被巨大的悲伤和忧愁笼罩着。恰在那个时候，我总是不断听到身边的农民工出事的消息，他们有的是在脚手架上施工，被从顶端飞下来的钢梁砸中，有的是在装卸作业现场，被坍塌的墙体砸中。这些鲜血淋漓的消息，令我胆寒和恐惧。其实，我也是农民工中的一员，只不过是身处的环境有所不同罢了。遇到农民工这样的遭遇，我能说什么呢？我的道义层面的怜悯和呼唤，是那么微不足道。那段时间，我更加小心翼翼，战战兢兢，如履薄冰，视线更加不离开孩子。

等到沉静下来，带着一身的疲惫，我想的是，活着真难……

# 四

也就是在这个时候，同学小美给我打来电话。

小美说她到兰州了，在火车站，希望我们能见面。我有些犹豫。接到小美的电话，我的脑子里开始浮现一个有些神经质的女孩子形象。她的脸窄窄的，身体干瘦，像竹竿一样撑着她的衣服。她仿佛永远在说话，嘴巴从来不会停歇。对于见这样一个同学，我是很犹豫的。小美也是来兰州找工作的，而我完全不知道我能给予她什么样的帮助，因为我也是吃了上顿没下顿。但是，犹豫归犹豫，我还是决定去见小美。我去了火车站，在熙熙攘攘的人群中看见了小美，她的脚边放着沾满油污的行李箱。小美面色萎黄，神情憔悴，她伸出手给我握，握在我手心里的手干瘪枯瘦，完全没有一个少女应该有的柔嫩和细腻。这让我感到心酸和茫然。小美告诉我，她在火车站附近已经溜达两天了，希望能找到一份工作。她原本不想打扰我，走投无路的时候，才不得已给我打电话，希望我把她带回家去。小美后来直言不讳地说，希望能住到我住的地方，管她吃管她喝。我心里明白，让小美和我一起吃住，还要听她无尽地倾诉或者无休止地唠叨。

我没有立刻答应小美的要求。进入这座城市后，随着时间的推移，我的心情和思虑已经发生了一些变化。譬如跟人见面要预约，见面的地方最好放在外面，在街边一家餐馆或者茶室，留出两个小时的谈话时间，感觉应该结束的时候要果断中止，然后双方告辞，各奔东西。当然，这是城里人的做派。我只是暂住在这座城市里的一个无依无靠的打工人，但是已经或多或少地接受了这种生活方式。于是，我把小美带到西关十字的一家餐馆，我点了几个菜，要了两瓶啤酒，然后倾听她的唠叨，让她一肚子的苦水倒出来。小美失恋了，然后丢了工作。小美的男朋友我是见过的，大高个子，高挺的鼻梁，人很帅气。有这样一个帅气的男朋友，曾经是小美的骄傲，她经常带着男朋友出没在我们的圈子里。那个时候，小美还是一名热爱文学的青年，理想是要当一名作家。男朋友欣赏她的才气，欣赏她浪漫和梦幻的气质。后来，小美的男朋友却移情别恋了。小美失恋了，失恋的结论是，当一个男人真正了解了一个女人后，是不会再爱这个女人的。

小美给我说这些的时候，已经喝高了，她两眼充血，面色晦暗。她干瘦的身体几近皮包骨，我相信那是被耻辱和困苦煎熬的。但这是不能够被同情和怜悯拯救的。有时候，廉价的同情和怜悯恰恰适得其反，只能将对方推进新的深渊。我期望小美能够挺住。幸福是相似的，而不幸则各有其态。人在各种不幸中，唯有挺住，才能够渡劫，获得新生。我就这样硬着头皮和小美告别，给了她可以住几天旅店和吃饭的钱。她如果要回家，也能够买一张火车票。这是我能做的全部。我们就这样挥手告别了。我能看出来小美的失望和落寞，但是我不想让自己软弱下来。

我躲藏在一个角落，眼里含泪，默默地注视着小美。在昏暗的路灯下，小美羸弱的身子拖着一只脏兮兮的旅行箱，无助地走在大街上，始终没有回头。此时此刻，小美如果回头看一眼，我很有可能改变初衷，将她唤回。可是，没有。小美始终没有回头，终于消失在街的尽头……

# 归去来兮

一

办完辞职手续，收拾好行李已经是中午十二点了。

我顾不上吃午饭，急匆匆坐上回家的车直奔老家，一个叫大战场的村镇。到家的时间是晚上十二点。回家之前，我打电话给母亲说了。当我迎着微弱的灯光推开家门时，看见母亲依然坐在灶房门口的板凳上眼巴巴地等着我。我当然知道，母亲是不放心我这个命运多舛的女儿，担心有什么意外发生。我突然辞职，让父母亲不明就里，寝食不安。我心情不好，不愿意多说什么。劳累的父亲已经睡了。我和母亲寒暄几句，草草洗漱后，就上床挨着母亲睡着了。

没有任何疑问的是，和往常一样，我依然能够感觉到母亲的温暖。

我一觉睡到晌午，发现父母亲已经起来了，他们都沉默着。洗漱完后，吃了午饭，我跟在母亲身后往地里走。我家的田地在离家不远的山坡平坦处，轻车熟路，走过去只需要十来分钟。并不怎么漫长的路途，我却走得有些沉重，腿脚像灌了铅似的。原因很简单，我还没有从刚刚辞职的阴影里彻底走出来。

夏天的季节，路边草长过膝，葳蕤茂盛，在阳光的照射下，草香浓郁。在农村出生的我，夏天闻着草香成长。草香还能够勾起我

069

童年和少年的回忆。我不由自主地停下脚步，寂寥地站在路边，向远处望去，心境茫然。父母亲以为我的心情终于好了，在很有兴致地看山看水，他们就坐在前面路边的一道土坎上默默地等我。我也知道，在父母亲眼里，女儿是永远长不大的孩子。

走了一段路，母亲回头看着我手里拿着的镰刀，望了一下四周，努努嘴说："你这孩子，也不怕人笑话。"母亲的意思我明白，认为我离家在外面多年，也没有混出个名堂，到头来还是悄无声息地回到农村，面朝黄土背朝天。母亲刀子嘴豆腐心，有时候说话不设防，难免得罪人。我是她的女儿，她是我的母亲，母女之间无话不谈。无论母亲怎样说我，我也不往心里去。我看着手里的镰刀，也觉得自己此时此刻的样子肯定有些尴尬。

父亲今天没有去放羊，让羊在圈里歇息一天。父亲今天要率领家人到田地里割麦。父亲望着眼前的麦地说："笑话啥？我们的女儿回家，还知道拿起镰刀割麦，不像有些人，离家三年，韭菜麦苗分不清。农村有啥不好？天大地大，自由自在。"有道是，父爱如山。我也知道父亲是在安慰我，怕我一时想不开，做出什么不理智的事情。我苦涩地笑了笑，心想怎么可能呢？你们的女儿再脆弱，也不至于寻短见。我的目光在麦地里流连，然后看着不远处一家家空落落的房屋，没有说一句话。

我能够说什么呢？如今的村庄早已经不是过去的村庄了，没有了我们儿时的模样。我们儿时的村庄，家家房前屋后鸡鸣狗吠，驴骡欢叫，炊烟袅袅。如今的村庄，空落得令人心悸，除过无奈留守的老者，很难见到朝气蓬勃的年轻人。

当然，还有成群结队的麻雀，它们俨然成了村庄的主人。

## 二

午后的阳光，穿过婆娑的树叶，柔柔地洒到我的脸上。

广阔的田野，只有蛐蛐在叫。蛐蛐的叫声，反而衬托得我们身处的世间更加安静。我们的身边没有其他人，只有我们一家三口，父母和我。割麦子的间隙，我盯着田埂上生长的野菜。今年夏秋的雨水比往年多了，几场大雨滋润了昔日干旱的土地。土地回报给人们的是平时少见的葱绿。几乎绝迹的各种野菜都出现了，它们不遗余力地生长，蓬勃的枝蔓覆盖田间地头。有的野菜我从小就认识，还当下饭菜吃过；有的野菜竟然是第一次见，名字也很古怪，应该是包含着特定的意思。父亲一边挥锄，一边告诉我各种野菜的名字，以此缓解沉闷的气氛。我一边默默地感激父亲的良苦用心，一边挥镰割麦，汗水蜇痛了双眼，也许还有那不争气的泪水。

母亲心疼我，说弯腰割麦太累，让我把割好的麦子抱到麦场。割好的麦子已经打捆，抱起来很容易。麦场也不远，就在地头。白天的麦场，被阳光晒得发烫；夜晚的麦场，又被月光映得发亮，很容易让人产生错觉，远看就像汪着一层清亮亮的水。麦场不仅是父辈们打麦扬场的地方，也是我们乡村孩子嬉戏玩耍的地方。周边的乡村已经用上了收割机，打麦也不用那种古老的连枷。父亲却不愿意使用这些既省时又省力的机器，他嫌机器脱粒不够干净，说是一捆麦秆里常常遗留几十粒麦子，多么可惜。父亲宁可使用原始的打麦工具和方式，尽管累得汗流浃背、灰头土脸，也心甘情愿。父亲过手的麦秆果然很干净，麦子一粒不剩。这样的麦秆堆积在麦场上，能气死淘食的麻雀。俗话说，秕谷子饿不死小家雀。麻雀是"世界公民"，它们的身影遍及全球。我当然不用担心麻雀会饿死，它们的生存智慧，不比我们人类差。

直到黄昏带走最后一抹余晖，村庄变得比白天热闹了一些。吃了一天青草的羊，肚儿圆圆，腿上攒劲，咩叫声响亮，它们正从南山上呼隆隆地往下奔跑，踩落的碎石头哗哗地响着滚向沟底。羊群欢快地到河边喝水。我们收起镰刀准备回家。父亲走在前面，他的衣襟已经被汗水浸透了，呈现出斑斑点点的污渍，身上的汗味也在无声地扩散。母亲和我跟随在父亲身后，而且拉开一定的距离，这是多年不变的格局。我们走在傍晚的田野上，身旁有三三两两的和我父母亲一样的农人经过。他们是我们这个村庄留守不多的乡里乡亲。他们在属于自己的田地里劳作了一天，在夕阳的陪伴下走在回家的路上。正是他们，继续支撑着村庄一方寂寞的天空，让这一方寂寞的天空还能够飘起袅袅炊烟，向远方的人们昭示这个村庄的真实存在。我沉默地注视着他们，心里涌出莫名的感动。

我走在父母亲身边，看着三三两两经过身边的乡里乡亲，我再次看见了自己的前世和今生。我心想无所谓男女，我肯定也是一个地地道道的庄稼人或者一个跌跌撞撞的羊倌转世的，一出生就应该在乡村的土地上忙忙碌碌、兜兜转转，快乐而不知愁滋味。可是，在乡村出生和成长的我，却不安分守己，总向往着与乡村不一样的生活。以致我每次回家都心情忧郁，高兴不起来。难道一个乡村的孩子长大后离开村庄，在城市漂泊几年，眼光和心绪就会不可遏止地改变吗？就会嫌弃自己的故土吗？对此，我没有确定的答案。

母亲还是不放心我，边走边偷偷盯着我的脸看，揣摩我表情的细微变化。在母亲探照灯般的扫视下，我感觉浑身不自在。为了缓解心头的压抑，我故作轻松地说："您女儿的脸上突然长出了美丽的花朵吗？"母亲猝不及防，没想到我会这样问，一时不知道应该怎样应对。母亲有些尴尬地笑了笑，说："你好不容易考上了，干了没几天，咋就辞职了？也不和家里商量。"我哼了一声，算是回答。母亲停下脚步，愣神地望着我，然后是一声叹息。

从母亲的叹息中，我能感觉到她发自内心的惋惜。

三

是的，我刚刚经历了一次艰难的择业。我从生活多年的一座还算繁华的新型城镇，去往一个偏远的村庄。这似乎是不可抗拒的宿命，我的归宿依然在乡村。

按照规定的考核程序，经过长达几个月的学习和准备，经过严格的笔试和面试，我终于如愿以偿，成为一名由相关部门备案注册的在编人员，被派驻乡村。通俗地说，我手里终于捧上了一只饭碗。这只饭碗介于铁饭碗和泥饭碗之间，大概和陶瓷饭碗差不多，必须小心翼翼地呵护；否则，一不小心，也就碎掉了。刚开始的时候，我接受安排，工作尽管琐碎劳累，长时间在户外活动，而且离家很远，平时照顾不了自己的女儿和父母亲，却也干得兢兢业业，觉得自己能够拥有一份相对稳定的工作，实属不易，从此便可以解除后顾之忧，踏踏实实地走好人生之路。

但是，三个月后，情况发生了变化。

真是天有不测风云，人有旦夕祸福。三个月后的一天，我强忍着感冒给身体带来的不适，按部就班地去工作。上班的地方偏远，路途曲折，没想到偏偏遭逢雨天。出门的时候还是风和日丽，没有下雨的任何迹象。走到半道，天气突然变得阴沉沉的，随即乌云翻滚，一声霹雳般的雷声后，暴雨倾盆，瞬间平地起水，继而汇成汤汤河流，无情地冲刷着我脚下的路基。那个村庄就在对面，下了坑坑洼洼的公路，还要踩着临时铺就的十几块石头，才能走到那个村庄去。由于暴雨来得迅疾猛烈，这些石头很快被高涨的雨水淹没了。除了激荡的、浑浊的水流，脚下什么都看不见。于是，我被无奈地困在水中央，湍急的水流几乎将我吞噬。就在落汤鸡似的我左顾右盼，不知如何自救的时候，竟然被突如其来的一辆皮卡车撞倒，当即昏迷。好在这个肇事的司机没有逃逸，将我及时送到村卫生所，对伤口进行了简单的包扎处理。之后，我用身上仅剩的十几元钱打车回到家里。我的样子，将父母亲吓得不轻。在他们的执意要求下，我才不得已去医院做了检查。好在我没有内伤，算是有惊无险。

我平时大大咧咧的，让包括父母亲在内的很多人觉得我没心没肺。我也并非一个迷信的人，对算卦占卜之类的玩意儿不以为意，甚至很排斥。但是，这次意外的小车祸，虽然没有对我的身体造成大的伤害，却使我产生了某种不祥的感觉。想想自己这些年的经历，在举目无亲的外地漂泊过，因失恋而揪心地痛哭过，被自认为最好的朋友欺骗过，被工于心计的同行羞辱过。为了生存，我背着一副沉重的十字架，步步惊心，忍辱负重。也许，这就是自己的宿命。既然是宿命，便意味着不可违逆，只有心甘情愿地接受。而我却心有不甘，一次次跌倒，一次次爬起，依然坚持着，吃着人间根本就没有的后悔药，走着现实的曲曲折折的羊肠小道。难道这也是我自己的宿命吗？对此，我同样没有确定的答案。

这次意外的小车祸，让我警醒。起早贪黑，辛辛苦苦工作三个月，我竟然没有拿到一分钱的工资，反倒贴进去不少路费。我忍着车祸造成外伤的疼痛，赔着笑脸去找相关部门索要自己应得的工资，却被他们当作皮球一样踢来踢去，到了也没有兑现，当初签订的合同和协议成了废纸。因为他们有各种各样的理由，能够轻而易举地作废合同和协议。面对这些理由，作为弱势群体的我，可以质疑，却无法推翻。对方的强势，足以将我反击得片甲不留。我满怀的希望和期待，再次成了一触即碎的泡影。憔悴难对满面羞。我选择了逃避。我放弃这份自己千辛万苦才得到的工作，从那个备案注册的在编人员中退了出来，成为这个社会的边缘人。

那些日子里，我心力交瘁，白天不敢出门，怕熟人碰见了说风凉话。晚上，我几乎彻夜难眠。我站在窗边，看冷冷清清的月亮。没有月亮的夜里，就看满天的星星，在银河里寻找织女星和牛郎星，想象那忧伤的千古传说，将自己折腾得长吁短叹。如果没有月亮，没有星星，我就回忆自己苍凉的过往，想象自己不可预知的未来。给我的感觉却是，自己的未来，与自己的过往一样苍凉。

也许，漂泊和流浪，就是我的命运，我的宿命。

# 四

家里不仅种着几亩田地，而且放牧着一群羊。

麦子收割完了，颗粒归仓。父亲的精力开始放在羊群上，羊群出圈，父亲出门；羊群归圈，父亲进屋。父亲每天早出晚归，风尘仆仆，甚是辛苦。

有一次，是个例外。羊群归圈后，父亲没有进屋。黑天墨地，父亲头顶星月，顺着西边的一道沟，翻过南面的一座山，去了一个后石嘴的夜市。父亲干什么去了？打肉。夜市出售的肉，价格便宜。既有了肉又省了钱，一举两得。自古至今，这是我们农民屡试不爽的小小智慧。

父亲进了屋，母亲的晚饭还没有做好。多少年来，他们相濡以沫，心照不宣。母亲清楚父亲打肉去了。父亲也知道母亲静等着，用他打来的肉改善一下伙食。毕竟一个打麦季节，劳累的家人付出了很多，很需要吃点肉充实一下疲惫的身体。我对肉不怎么感兴趣，就趴在炕头上假寐，脸不洗，鞋不脱，然后听父母亲说话。他们嗡嗡嚷嚷的话语，有一种奇特的催眠效果，听得久了，让我浑浑噩噩地睡着。尤其在我心情不好的时候，非常需要他们嗡嗡嚷嚷地说话，这比什么药都管用，能够让我忘却苦恼和烦忧，尽管只是暂时的。

吃饭的时候，母亲从箱子里拿出一包用麻布裹着的东西给我，我很是惊讶。当我打开麻布后，一眼认出那是我吃了很多年的山梨。山梨原本不是什么稀罕之物，为了留给女儿，被这般悉心地保存着。

我的眼泪再也止不住了，悄无声息地滴落下来。当我以为自己被势利的世界抛弃时，母亲用这种独特的方式告诉我，她一直牵挂着我。我想象着母亲蹲在老家废弃的院子里，摸索着捡起落在地上的山梨的样子。母亲患有眼疾，久治不愈，随着年龄的增长，视力开始衰退，看东西越来越模糊。我现在捧在手上的这几个山梨，肯定让母亲花费了不少的力气和时间。母亲说："你从小就爱吃山梨，我寻思着给你留了几个。"然后，母亲沉默了一阵，讨好地说："你那个工作辞了也就辞了，正好在家待着养养身体。"

母亲说这些的时候，我抬起头安静地看着窗外。

乡村夜晚的天空，黑得深邃，星星格外明亮。在城里漂泊的那几年，我都忘了抬头看天。在乡村长大的我们，童年时期曾经有一个美妙的游戏，因为美妙而充满意趣：夜晚数星星。于是，我们也就成了星星派往人间的小天使。现在，我早已经不是那个数星星的孩子。长大了的我，一双隐形的翅膀被严酷的现实击打得千疮百孔。想到这里，我一句话也说不出来，让不争气的眼泪溢满眼窝。母亲叹口气说："日子是一天天过的，工作也得慢慢地找。心急吃不上热豆腐，你先缓着自己。"

我知道自己回到这个叫大战场的村镇，待在父母亲家里疗伤只是暂时的，并非长久之计。毕竟我也老大不小了，能够找到一份安身立命的工作养活自己，才是硬道理。所以，母亲用讨好的语气安慰我，反而令我更加不安，心生愧疚。母亲继续安慰我时，恰好一轮半圆不圆的月亮缓慢地升上夜空。月亮周围原本繁盛的星星便无奈地隐没。星星自然还是那些星星，继续在自己的位置上闪烁，却被月亮的光芒给遮蔽了。人间何尝不是这样？弱肉强食，丛林法则。我承认人间自有真情在，善良是做人之本，是硬核；公平和正义永远不会缺席，只是有时候到来得太晚。所谓月有阴晴圆缺，人有悲欢离合，天上人间……

我知道自己在胡思乱想。胡思乱想也是很累人的，我终于沉沉地睡过去。

后半夜，我又被时断时续的狗吠吵醒。从我睡觉的角度看去，那轮半圆不圆的月亮已经移出窗户，星星也稀疏了不少。夜不再黑得深邃，而是罩着一层淡淡的白光。用不了多长时间，天就要亮了。天亮了，我的烦恼和忧愁也就紧随而至。我睡眼惺忪地坐起身，懒懒地扭动几下僵硬的脖颈，坐在窗前，然后定定地望着东南方向的那座山。

那座山其实并不远，如果从我家门口出发，直线距离不会超过三十公里，还没有我前些天上班的那个村庄远。山叫寺口山，挺有名气的。寺口山是古丝绸之路著名的关口之一，据说苏武牧羊的故事就发生在这里。苏武是西汉大臣，出使匈奴时被扣押，单于扬言公羊生子方可释放他回国。苏武留居匈奴十九年，历尽艰辛，持节不屈。盯得时间久了，我觉得那座山的峰峦果然像羊群一样动了起来，飘忽不定。远了，近了；近了，远了。后来我又这样想，那个令人敬仰和感佩的苏武，到底与我有什么关系呢？或者说，与我自己的前途和命运有什么关系呢？我又开始胡思乱想了，而且伴之以幻觉。

今夜的月亮，其实还在天上。星星像一些在清廓无边的大海里游泳的孩子，它们不愿意游了，就那样散淡地沉浸在海里。胡思乱想之后，我再也无法入睡。我仔细看时，才发现从窗子照进来一片月光，静静地铺展在土炕上，像是一种馈赠，更像是一种慰藉。我的心一下子变得清亮了，那些晦暗悲伤的心情在一瞬间消散许多。

我拿起手机对着这一片月光，把这一幕记录下来。

# 五

翌日，太阳照射到村口的那一棵大槐树时，村庄里的钟声当当地响起来。

我跟在母亲身后，挎着菜篮子。母亲和来往的几个行人寒暄着，话题是今年庄稼的收成，预测年底能变换多少钱。风吹日晒，砍柴锄草，地处西北一隅的大部分村庄既没有戏剧性的故事，也没有迷人的风景。明白了这些，我就是个地地道道的乡下人，不会好高骛远。这不是一种轻慢或者失意，而是学会把日常生活的全部重量搁到了这块土地上。

我家有田地。我家有一个小小的羊群。我家还有个菜园子。

来到菜园子，我蹲下身来，右手拿着铲子，左手抓着草，一簇一簇地铲。在这之前，我从未留意家里的菜园子种植了些什么蔬菜。我家的菜园子围在一片沙地上，看上去有些孤独或者另类。园子里简单地种了萝卜、南瓜、白菜、芹菜、韭菜之类的大路菜。它们很普通，却存在了千万年，和粮食一道，养育了我们人类。我是来给菜园子除草的。草已经长野了，成了名副其实的野草，飞扬跋扈，有的野草浑身长着毛刺儿，像某种动物窥伺着我，随时袭击我。

我使劲地铲着野草。母亲说："你慢点，用不了那么大的劲。"
而我仿佛对草怀着刻骨的仇恨，抡起铲子斩草除根。突然而至的疼
痛像毒蛇咬中了我，我惊惧地喊出了声。母亲闻声跑过来，看到一
根草在我的食指上留下了刺，刺尖插得很深，刺尾留在外面。它不长，
很细，静静地滞留在我的血肉里。我用手拔，却拔不出来。我疼痛
难忍地坐在地埂上。母亲摘下耳环，把耳环拉直抻长，耳环就变成
了一根尖细的银针。母亲撩起衣襟将银针擦拭了几遍后，给我挑刺。
母亲有眼疾，视物不清。见我疼得咧嘴，母亲愈发紧张，俯下身子，
一头白发银光闪闪，脸上的汗珠一滴一滴滚落。母亲的心跳，像敲
鼓一样。白发，汗珠，心跳，都是在母亲身上发生的，让我零距离
地感同身受。母亲终于挑出了刺，她面色苍白，神情疲惫，虚脱了
一般瘫坐在我旁边。

　　匪夷所思，就是这根看似小小不然的刺，让我再次觉悟到生活
的凌厉和尖锐，同时也坚定了某种信念。


# 六


　　在家住了数日后，我身上的伤痕掉了旧疤，长出新肉。我要再
次回到那个新型城镇，努力寻找一份能够养活自己的工作或者职业。

　　万物萧瑟，今又是。村子的上空，不再有南飞的大雁经过，这
意味着深秋的真正光临。这天，村子还在黎明前的黑暗中沉睡，不
知是谁家的狗被惊扰，发出几声突兀的吠叫，随即又消弭了，接着
是长久的静谧。村子最东头的这座屋子早早地亮起了灯。这屋子不

是别人家的屋子，是我家的屋子。母亲几乎一夜未眠，一边包饺子，一边和父亲嗡嗡嚷嚷地说了许多话，还夹杂着断断续续的抽泣。上马饺子下马面。天快亮的时候，我吃罢了饺子。饺子很好吃，里面放了很多细碎的牛肉和葱花，轻轻咬一口，满嘴流油，香气扑鼻，余味悠长。

我说，我走了。

母亲再没有说什么，没有出门；父亲再没有说什么，也没有出门。他们都怕着什么似的，不敢惊动这沉寂的夜，冷冰冰的夜。

我遥望远方。尽管远方有荆棘缠绕，有风尘弥漫……

# 谁为我红衣黑发

我不知道爱情是什么，但我知道，在阿拉善，有很多关于你的故事，在西藏，也有很多关于你的故事。那些故事大多都与爱情有关。你当然没听过那些故事，我可以讲给你听。这万千个故事，每个开头都是你；这万千个故事，每个结局都是你。

读你的故事，看你的诗，我几乎着魔了。恍惚觉得，只有你可以贯穿我生命的始末，只有你，可以根植我生命的芳华。这一生最幸福的事情就是，在这烟火红尘里有你的诗在陪着我。但你不知，你最幸福的事情，就是我最悲戚的事情。

红尘陌路，惊艳了时光，寂寞了流年。我为你动凡尘梦，你能否解我相思之心？也许梦里的遇见是缘也是劫，你注定是我一生解不完的结。我一生最美的缘是遇见你，而最美的却是在诗行里解读着你。多想化作你手中的纸墨，落一笔红尘中的淡雅，抒写一辈子情歌。

你坐在菩提树下，细数着轮回了一季又一季的满帘落花。柔柔的呢喃，瑟瑟的叹息，潺潺的相思，妩媚了胭脂妖冶的芳华。听，是谁在三千红尘中，轻轻弹奏一曲惆怅的弦音。又是谁，沉醉在烟雨红尘中，墨香袅袅地书写人间的风花雪月，一首《情歌》，一首《问佛》，一曲箫音，涟漪了前世今生的眷恋。我还是相信，星星会说话，石头会开花，穿过夏天的木栅栏和冬天的风雪之后，我终会抵达！只是我从未见过你，我是不是你千呼万唤的玛吉阿米？

你是阿拉善最美的情郎，我是宁夏最痴情的姑娘。我在宁夏的黄土地上静静地等着你，等着你为我红衣黑发，等着你为我挑起红色的头纱。你清澈眸子便痴了夕阳，醉了香醇的奶茶。第一次见你，只一眼，我便认定了你！我们在对的时间遇见了对的人。那一天，你闭目在经殿的香雾中，蓦然听见诵经中的真言。我摇动所有的经筒，不为超度，只为触摸你的指尖。那指尖上柔柔的弱香，穿过了我的眼睛，沁入心扉。就在那一刻，你忘却了所有，抛却了信仰，我舍弃了宁夏的故土，我便知道，你是我千年的情劫，我辗转红尘万里就是为了来阿拉善寻你。

人世间还有如此美丽的地方，三生三世里，四季花开。大漠孤烟里究竟站着多少对痴男怨女在无尽地等待……我撇家弃业，不辞万里寻你，我的心里从未放下过你。我深信，你的心永恒在我的心里，默然相爱，寂静欢喜。你可知我的忧伤和痛苦，看见你的时候，我的眼和你在一起，看不见你的时候，我的心和你在一起。站在这大漠里呼喊着你的名字。

我像秋天的一片残云，徒然在空中飘浮。你抓住飘忽的空虚，给它染上了色，镀上了佛经，让它在阿拉善的天空里任性地飘摇，使它舒展成岁月的芳华，散发着清香的禅意。你，就像秋天里的骄阳一样照耀着我，抚摸着我的发梢。我的心离你那么的近，近得能看见里面的诵经。有多想把时间绑架阿拉善的街头，你不在乎身份地位，扮作俗人模样。我们一起享受着纯美的青稞酒，借着夕阳把你的心分成两半，一半用来诵经，一半盛开着爱情的丁香花。蓓蕾期盼的是黑夜和露珠，而你的心生长的不光是大片的胡杨，还有内心的呐喊和自由的渴望！两手相挽，凝眸相视。我们的心开始跳动着，奔腾着。这是最美的七月，空气里流溢着爱的香甜。我为你带的枸杞圣果存放在胡杨林里，你给我编织的花环戴在心间。你的微笑渗透到了我的心里，开出一朵朵美丽的丁香花！我们并不伸手向佛要求超乎希望的事情，我们所得到的都已经足够了。

我在红尘中等了你那么多年，静静地看着你已经是最大的恩赐了，还奢望什么呢？我醒来，发现你笔墨纸砚挥洒着凡尘俗世的情爱，犹如夜晚的明珠一样照亮了无数人的心房！

每天我们也都可以回到自己的灵魂深处，洗去那生活的种种琐碎洒落的尘埃，让自己的心深呼吸、透口气。每天，我们也都可以回到自己的内在世界，把那个内心的家园打扫得窗明几净、山清水秀，来迎接爱的到来。我们的眼里，爱人，就像一本永远读不完的书，永远有着精彩的内容等待着自己去翻读。我幸福地说着："什么都不懂的十八岁在梦里遇见你，从那以后再没觉得孤单，就这么一直过日子。"你经常说的一句话是："只要你高兴，我都喜欢！"

我是宁夏人，沐浴在风沙里。然而，梦的红线把我带到了贺兰山。然后，你娶了宁夏固原出生的我。我们这一生，经历了背井离乡，经历了世事无常的变迁，又怎么会没有苦没有难呢？然而，只要我们守着彼此、爱着彼此，那颗心就定了，那个灵魂就踏实了。有你在，他乡也是故乡；有我在，无常也就有芬芳。这样的爱情太稀有太难得了吗？难得是当然的，但我们也要有信心，它并非稀有，而是有心人都可以创造的呀。爱情，这不是一颗心去敲打另一颗心，而是两颗心共同撞击的火花。爱你我忘记了空间，忘记了父母，忘记了乡愁，为了你，我愿意和你去大漠孤烟流浪。

走进你的心，读你的诗，我仿佛走进了你生命的芳华。我看见了洁白的羊群，青青的草原，大片大片的胡杨。我们现在相隔很远，远到千年万世，梦里一别不知几时与你重逢。我多想再在梦里见你，哪怕就一眼。

这么多年我一直扎着黑色马尾，戴着黑框眼镜，我深信你会在某个飘雨的季节，看见黑色的信号，闻见熟悉的笛声，乘着一缕秋风，飘浮着胡杨般的身影，打着我最爱的油纸伞出现在阿拉善的大漠。你度生度死度红尘，却度不了自己，最终你没能为我脱下这一袭红袍。若能转世，若有轮回，你愿舍弃你千年的修为，做一凡夫俗子，忍受三百年的日晒，三百年的雨淋，三百年的风吹，饮一杯孟婆汤，走一回奈何桥，等我从桥上走到菩提树下，与你共度世上最美的红尘！

今生好想做你的新娘！

# 在鲁院

一

盛夏的季节里,在一个阴郁和闷热的早晨,书桌上的手机,突然响起了急促的铃声,是北京的电话号码,告诉我鲁迅文学院要搞青年作家培训班,邀请我参加的消息。

这些年受余华、迟子建、毕飞宇、乔叶等老师的影响,自觉书已经读得差不多了,心里燃烧着文学的火焰,要北上,云游名山大川。去哪里呢?当然是文人云集的地方。一块砖头砸过去,砸到文人脑袋最多的地方无疑是鲁迅文学院。那里最匮乏的不是精神生活,精神生活太强大了,就是门口的保安,也能赋诗作词,《人间词话》读得唰唰纸响。鲁院每年要搞几期培训学习,文学、戏曲、美学、哲学……什么"小说写动词不写名词"还要结合实际,不是死记硬背就完事的。我们在一起开口闭口都是"小说的细节""小说的视角"这些抽象概念,不一定像小说家那样明白究竟,但是"小说"这一名词已经成了口语的一部分。当然最匮乏的东西是物质,我是青年作家班里唯一一个学历最低的非文学专业的学生,而且还没有稳定工作和收入,我的形象就是一个破衣烂衫的流浪汉。

鲁院是文学中心,很多作家以来到鲁院为荣,文学的最高点在鲁院，我于是来到了鲁院，这一年我三十岁。

飞机在浓云中开始下降，机舱里不知何处响起金属般尖厉的呼啸声，一张张面孔紧张而疲惫，宛如一只只栖息在狂风中的鸟，我的心和头脑陡然兴奋起来。

高耸的玻璃窗外边，一阵阵红红绿绿的光芒，从路边巨大的霓虹灯里照射出来，像是在燃烧着一团滚烫的火焰。在黑黝黝的天空中，像有一串串摇曳的星光，不住地闪烁和晃荡，原来是几架起飞或抵达的飞机正在忙碌地升降着。

听到广播里的声音，知道在密封的窗户的外面，是三十七摄氏度的高温天气。空调机正对着我吹出凉风，让我不由自主地颤抖起来。旁边的一个中年大哥从凳子上倏地拿起一张色彩艳丽的报纸，不是为了要观看上面登载的消息，而是快速地围在胸膛上。我站了起来，走到电梯口，打电话告诉馨芳姐我已经到达大兴机场。她听到我的声音，长长地喘了口气，说是她马上就到，让我在国内出口处等待。我放下电话，就在空旷的大厅里踱起了脚步，张望着远处的出口旁边，偶尔走过来几个金黄色头发的美女。

很快就见到了馨芳姐，这个东北姑娘，清华大学的高才生，嘴里激动地重复着："我妹要来上鲁院。"就在她的办公室里，一周前就准备好各种洗漱用品，包括凉席被子，鲁院的物业管理处还有她的咨询记录，床多大、房间有没有空调、伙食怎么样……她提过我手里的皮箱缓缓地说，昨晚她忧心忡忡地在家坐着，不想说话。极力为我争取的奖学金，结果我还拒绝了。她在默默无语中突然看到我的信息，才放下心来，那就随我吧。夜已经很深了，她却还不想躺下睡觉,北京最近一直下暴雨,担心我明天的航班是否顺利抵达。她想象着我的困境,很紧张地猜测着我上鲁院兴奋的模样,整夜合不拢眼,就这样度过了一个悠长的夜晚。

我在宁夏的不眠之夜,显示出对鲁院的敬畏;她于北京的不眠之夜,纠结着友情的牵挂和惦念。尽管当时,我们见过几面,也交流过,但她始终无微不至地关注着我,关注着我的工作生活,包括写作。像这样真诚质朴的友情,将会永远住在我的心间。如果不是牢牢记住这一点,不是也如此对待许许多多的人们,而是冷漠和琐碎地打发自己一辈子的生活,这有什么意义呢?

正是因为被她的这种十分仁义的胸怀所打动,就与她结下了诚挚的友谊。恰巧在这之后不久,我的家乡红寺堡启动了文化艺术周活动。她作为活动的策划方,事无巨细亲力亲为,邀请到了书法界的名师大咖,点燃文化盛宴。

她说起了遥远的童年,就在父母的教诲下,学习书法。后来去清华大学读研的时候,学习的又是艺术管理专业,从那儿毕业之后,走向社会始终没有把传统文化丢下,并且开始做这方面的学问。她也是从二○一七年就资助红寺堡区的贫困学生,熟悉和了解中国农村传统文化与社会状态的演变,以及不断向前拓展的情景,具有重要的意义。且不说涉及那些比较大的项目,只是给红寺堡区每个学校捐赠一个书法教室,就能使得成千上万的学生产生学习传统文化的情愫。像这样形成的影响和力量,真是无法用数字计算清楚的。

记得在鲁院学习的那段时间,另外的一名资助人邀我前去参加一个慈善晚宴,当我跟许多年轻的萍水相逢的慈善家,提起她的名字时，人们都非常熟悉她在推动传统文化交流和关注农村教育方面的诸多建树。在这样的时刻我想起唐代诗人高适在《别董大》里写下的那一句诗"天下谁人不识君"。

二

晌午，我站在鲁院门口望着那些摩天大厦，心中荡漾着的是青年人的野心和征服欲。我刚刚从著名诗人欧阳江河老师的课堂上溜了出来。

朋友来鲁院看我，在鲁院旁边的咖啡馆要了两杯美式咖啡，很难喝，但是在鲁院喝咖啡，这是我从迟子建、王安忆小说里读到的情景。

青荧荧的灯光下，我的目光缓缓转向窗外的街道，思绪渐浓。七年前我既愚又犟，毕业后，守着家门口，守着我妈，守着我的一亩二分地。而朋友走北京闯荡去了，我为她感到高兴。大千世界，人各有志嘛。可是又过了四年，彼此再度会面，是她回来探亲时，地点在银川悦海宾馆。那时她意气风发，踌躇满志，一切都处在玫瑰色的上升期。她送了我一幅写意水彩《颐和园一隅》。我送了她两本小说集《人生》和《漂亮朋友》。在座的都是多年不曾谋面的同学，当然她是主角，谈得最起劲的话题还是首都的风光，如何销魂乐不思蜀，以及如何动用关系做到了企业的主管。最后一个话题一出，立马挠到了群体的痒处，几个同学当场掏出手机要加微信。

见首不见尾的神龙后来没了踪影，相忘于岁月，相忘于江湖。

忽忽就到今年，在没有任何征兆的情况下，她给我发信息问我干啥，我说在鲁院学习。让我感到意外的是，她当年的豪气已烟消云散。说到事业，她坦言"关系"耽误太多，紧追猛追，再也追不回来了。北京是个年轻的城市，踏实努力是年轻人的本质，像她这种年轻又好高骛远的，很难再有发展了，只是凭着惯性往前走，然后就等着退休养老。"那么就干脆回来。"我说。她笑了，笑容呈现苦涩。"回来？回哪儿？"

此番赴鲁院，食宿都在鲁院。鲁院的饭菜种类不很丰富，但我们却吃得很香，吃得十分认真，碗里颗粒无剩。最难忘的是同桌吃饭的最后一个动作，用一块饼子，把碗刮得干干净净，嘴里还振振有词："我们都是农村来的孩子。"鲁院的宿舍不是很大，被一张木板床占后，不大的空间里放着一张写字台，墙角紧贴着一个衣柜，洗澡间能洗澡，刚躺下很舒服，长时间躺在屋子里很闷热，但我们总是睡得很香。

前晚电话联络，第二天下课后她驾车来接我。然后带我去夫子庙、王府井、南锣鼓巷。末了回十里堡，参观鲁院。途中感觉她刻意在回避谈论家庭。听同学说她离异两次，大不幸。无论是在宁夏还是北京，这都属于隐私，尤其是女人。带着一份心照不宣的谨慎，彼此只谈国事、天下事，不谈自己。

晚餐是在一家江西菜馆用的，老板和她很熟悉。餐后散步，半途开始下雨，就近避入鲁院不远的"咖啡与玫瑰"咖啡店。也好，十几年的相识，一千多公里的相隔，一肚子的话正好唠唠。

依旧是文学。我说前些年读过一部散文集，《眼望着北方》，作者是"伤痕文学"作家远子。讲的是北漂青年求职打工的真实记录，三里屯、六郎庄、国贸、中关村……它们不只是一个个地标，它们也是远子的生命现场。寄居、卖唱、找工作，为生活四处辗转。那里面有她的影子。网上一搜可得，不妨找来看看。她说"伤痕"二字值得斟酌，有一股阿Q的味道，老家是前世，进城是今生，来这是脱胎换骨，一切从零开始，和老家的种种旧印记无关。说着就举起了一位甘肃学者的例子，在大学就做到了教授，敌不过外面的诱惑，来到了这里，逾期不归，在她所在的企业做办公室的工作，一干多年。还有一位海归，高大英俊，一表人才，现在在当导游，专门接待来学习的观光客。她告诉我不用哀叹大材小用，怀才不遇，这就是转世为人。

这期间她接了两次电话，听口气，都不是家里人。有一位诗人询问读研的事。我把话题转移到读研上。她说读研是个好机会，北京有一流的学科、一流的导师，但是就大多数人而言还是回去的好。北京有很多机会，北京也有很多高端人才，一般能留得住的概率很小。她认识很多专业人才，年复一年，只是在鸡零狗碎地打工，可惜了，也实在是浪费了。

既然如此，那就回宁夏吧，至少让下一代有一个归属感，我在心里说，不在嘴上，因为并不清楚她是否有子女。

难道我们已经真的隔世？姑且以咖啡当酒，干杯，干完一次又一次，润喉、提神。也许这正应了一句佛语："苦，才是人间正品。"转眼看窗外，骤雨稍歇，行人又开始招摇过市，片刻后，我也将飘然回归……一杯在握，如鲠在喉，我忽然冒出了一个很乡气的提问：

"这次来北京，发现很多外地口音的年轻女士，穿衣打扮比我所住的红寺堡还土，一点也不讲究，这是什么缘故？"她笑了，说："你是在说我吧？自古以来，女为悦己者容。女人是为欣赏她的人打扮的呀。你一天旗袍高跟鞋，可是我在这儿，有谁看？谁的眼里又有我？日子一久也就习惯了，麻木了，不在衣饰粉黛上费工夫。"

致命的隐私来了。到底还是跨进了别人的感情领域，致命的失落，绝望的苍凉。还有什么好问的，还有什么好说的？不，不，事情还能从另一个层面讲。是眼前咖啡的刺激还是多年清茶熏陶出来的悟性，我啪的一声双手合十大声说："好了，你可以当诗人了，这样真性情的人不写诗浪费了。"声音之响，惹得邻桌的老先生盯着我看了良久。她先是一愣，抬头看我，见我一本正经，不像开玩笑，遂说："你真有眼力，我这几年还真在写诗，写我们老家的，写北漂的，还有一组长诗，写到你了。"

啊，这鲁院没有白来，咖啡没有白喝，谈话至此总算进入主题了。文学是什么？孤独的心总有交流沟通的机缘在。

我相信你迟早有一天会回归文学的，以前的一切我们把它叫作黎明前的爆发吧。那一刻我直视着她的眼睛郑重其事地说："你放开写，把文学当作爱人吧，它只会不断给你温暖，永远不会伤害你。如果你要出诗集，序里一定要写上一句话，'在鲁院的咖啡馆里，一位从宁夏来的青年作家，为了鼓励你写诗，从著名诗人欧阳江河老师的课堂上偷偷溜了……'"

# 三

地铁伴随着一路的呼啸，仿佛所有的速度和激情都应和着一种召唤。我和同桌异口同声地说："去鲁迅纪念馆。"熟悉先生的人都知道，绍兴周家老台门、绍兴会馆、八道湾胡同、砖塔胡同、西三条二十一号、上海施高塔路一三〇号、厦门大学、中山大学，都是先生曾经居住的地方，亦是民族记忆的一个连接点。同桌很感慨地说，这应该是先生在人生阶段上的一个排序吧。不是旅程，而是选择。然而在北京能够瞻仰的，真的就是阜成门城墙边西三条二十一号的鲁迅故居。西三条二十一号外围已经建成鲁迅博物馆，而院子里先生当年手植的两棵白丁香依然高耸繁茂。阳光透过树叶，院子里一片光影。门虚掩着，仿佛先生未曾走远。我曾无数次想象过与先生相遇的场景：先生一袭长衫，清瘦而冷峻。

在鲁迅书店，闯入眼帘的不是书，而是墙上挂着的两个镜框。里面用卡纸嵌着一幅画像。画着鲁迅，背后是他的家乡，黑白两色，古典庄重的画法。另一幅画是他的单人半身像，简洁的线条，淡雅的色彩，新派的技法。一新一旧，串联起书的历史，面向不同的读书人，挺有意思。

鲁迅书店的老板见我对鲁迅先生的书籍很感兴趣，对我说他家书店几乎是鲁迅先生的专用书店，还有很多书都在后面大厅，让我进去细看。让我吃惊的是里面的玻璃柜里竟陈列着鲁迅先生的原始手稿，"文艺是国民精神所发的火光，同时也是引导国民精神的前途灯火。"无论是读到先生的话还是仰望先生的肖像，我都能感觉到温暖与亲切，还有凝重深沉的爱。

在我准备要离开时，一个老太太脚步轻快地走近我，我几乎不太相信她告诉我的事实：她已经退休了，每天下午她都会来鲁迅书店读书。她说终于有时间来实现自己年轻时的愿望了。她满面微笑，脸色红润，看上去很年轻，如果不是她的满头银丝，我是不会相信她已经六十五岁了。她的眼睛闪闪发光，说过去没时间，现在有时间了，写作任何时候都不晚，她现在不光读，她还写，她要做一切自己喜欢的事情。她给了我一张纸条，上面有她的联系方式和通信地址。我把那张纸条带回来，一直珍藏着。也许她此刻正在鲁迅书店读书写作，而我因为太忙碌并没有与她继续交流。但在红寺堡每一个酷热的夜晚，我都会想念鲁院的颜色，她的眼睛的颜色，明亮而单纯的蓝色，没有受到年龄和岁月侵蚀的颜色。


四


远山如墨，灯火稀朗。这晚，没有月亮。水面藏着微微的波光，异常清凉，依稀可辨杂树、跃出水面的鱼、鱼鳃张合间微弱的腥气。此刻我们与河水对坐，像是三个同龄女人正在促膝长谈，很亲近的样子。但我仍然有些自惭形秽。河水是宁静的，同桌是宁静的，而我却不是。三十岁了，我仍然有着这样那样的欲望，有着这样那样的烦恼。即使鲁院用它无声的语言让我感觉自己暂时成了诗词里的仙人，但我仍然无法真正放心世俗的一切。

一些人在我们身后的小道上来来往往，打手机、聊天、跑步，渐行渐远。离我们一尺之远，坐着两个同龄的文友。他们一个来自北方，一个来自南方，一个是男的，一个是女的，因为鲁院，我们四个人在此邂逅。气场相似的人，无意间一起坐到水边，也无意中将陪我穿越生命中一小段特殊的时光。我们掬水而饮，男的说："真甜，没有腥味。"女的说："浴乎沂，风乎舞雩，咏而归。"

我悄悄低下头对同桌说，我看到被一池水惊艳到的他们俩，像看到了四年前的自己。那个自己，爱文学和与文学有关的一切，如同爱自己刚生下来的婴儿，心无旁骛，无关名利，无怨无悔。四年过去了，这个人变了一些，也焦虑，也厌倦，也怀疑，但依然爱，且只为爱活着。爱在乎的人，爱文学，爱苍生。

河水静静流淌，我们与更多的同学会合。子初时辰，我们一起唱"夜空中最亮的星，请指引我靠近你，夜空中最亮的星是否知道，曾与我同行的身影如今在哪里……"我猛抬头，见天上星，它渺渺茫茫、恍恍惚惚……这时有同学连说带演地说了一段让众人笑得眼泪都流出来的单口相声，我平日滴酒不沾，那晚却抿了一口啤酒。谁唱起了一句《我们不一样》，大家便合唱了起来。这些彼此并不是特别熟悉却同样爱着文学的人，这些明天即将各奔东西的人，聚在一起，送走了一年中最为炎热的一个白昼，送走了一杯杯酒、一支支歌，也无意间送走了偶尔纠缠的烦恼事、得失心。

鲁院给我无尽的想象，现在我真切地感受到了它的存在。从第一次听说鲁院到最后来鲁院学习，一切都是完全的真实。它牵动着我的想象，让我相信世界上不仅存在着生命粮食与精神食粮，同时还有坚守。我此刻能守候这些美好的事物，在存在的距离里与文学更为亲近，是因为文学曾经给了我很多的温暖，人生才会舒展明朗。

我们终于返回了鲁院。我在先生的塑像边坐了片刻。夜是那样透明，月光在他的身上毫不吝啬地镀上又一层黄金。我的思绪如水一样四处溢洒，我突然感觉到了某种温柔的触及。

# 最后的伴儿

狗娃是留在村里的唯一男人。

从城里回到家的当天晚上，我想找小时候的玩伴说说话，在村里转了一圈，没碰到一个人。回家的路上，有人喊我，是狗娃。他站在厨房门前。

"霞妹妹，是不是回来过年？"他问我。

"是啊，"我笑着走近他。

"那好啊，我也准备过年了。"他嘿嘿一笑，露出了一嘴黄牙。"你来看看。"他向我招手，然后自己先进了厨房，拉亮灯。

厨房很小，我低着头进去了。他走到墙角把咸菜缸上的缸盖揭开，说："你看，我准备过年了，这是鱼，五条，这是肉，十斤。"我根本没有看清鱼缸里的鱼和肉，只是闻到了一股冲鼻的腥臭。

屋里光线很差，一只小灯泡发着黄色的光，让我的眼睛发花，很不适应。

"几天前，我就把年货买回来了。"他说着盖上了咸菜缸。

腥臭味还是很大。

我想他的鱼一定是少放了盐，才有这么大怪味，便说："狗娃，你要多放些盐才好。"他没有回答我，只是嘿嘿一笑，腮帮子一鼓一鼓的。他笑起来时发出哈哈的声音，笑声撞着腮帮子。

我走出屋去，他跟着出来了。他本来就胖，旧棉袄里衬了很多衣服，撑得鼓鼓的，看上去像一个粗树桩。我问他今年去哪里挣钱去了，他说："今年没有出去，一直在家种地，养了一圈羊、一条狗。狗让人偷去了，听说是卖到火锅店了，我去城里找过，没有看见。那些人怎么不把它的皮挂在外面呢？要是挂在外面，我会拿回来。"我笑笑，问狗娃，他的两个哥哥狗蛋和狗剩怎么没有回来。狗娃说："大哥六年没有回家了，二哥狗剩也几年没有回来过年了，今年恐怕也不回来了。"我问他："你今年去哪里了？"他说："我今年在家种田，农闲时去镇上的一个收购站帮忙，捆报纸，搬废铁，码酒瓶。"我问他是以前在城里工地上拿钱多，还是在收购站拿钱多，他说是在城里工地上当小工拿钱多。我说："那你怎么不想出去呢？"他说："我就是想家，天天想，我到家里，又能在收购站拿上钱，又能种地，现在种地又不像过去，没有人向你要税，吃不了的粮食我就卖了钱，卖了钱我就买鱼买肉过大年。我在收购站做事，看到报纸上好看的画，我给老板说一声，带回来，贴在墙上。"然后他就叫我去堂屋，看他墙上贴的画。我进去了，墙上贴满了海报，都是彩印的，却没有一张贴得整齐的，歪歪扭扭，皱皱巴巴。

　　"今年谁家也没有我家年画多。"他说，"你看，好不好？"

　　我说："好。"

　　他再次哈哈笑了。

　　我出了堂屋，说要回去了。

　　"我明天去买点红纸，你帮我写对联吧。"我没有吭气，他又说，"霞妹妹，你是在城里上过学的人，我就要你写的对联。"我无奈地笑了笑，说："行吧。"

狗娃是我富强叔的儿子。又笨又蠢，好像天生是给人笑话的。他的鞋子总是没有后跟，鞋帮子总是坏的，脚趾露在外面。裤带总是系不紧，和我们玩游戏时，跑几步就要提一下裤子。他只读到三年级，他的算术太差了，超过二十的加减法他就不会了，数学老师打人狠，经常揪着他的耳朵训斥。不读书，他回家养羊。虽说将近年关了，村里并不忙碌。有一些男人从外地赶回来，回来就打麻将喝酒，到处是搓麻将和划拳的声音。现在村里过年，不再炸油饼、搓馓子，都去镇上的饼子店里买。猪也杀得少了，一头猪三千多块钱呢，村民们觉得浪费，不如买几十斤肉，对联也没有人写了，都去买印刷好的对联。

回到家，我告诉母亲，我在狗娃家里耍了一会儿。母亲说："别人都把狗娃当二百五，我看不是，没有他庄子里不知出多少事呢。"母亲告诉我，夏天的时候，她在地里撒化肥，半袋化肥压在肩上，刚走了几步快到地埂时，一不小心脚踩空了，半袋子化肥把她的腿压住了，怎么爬也爬不起来。刚巧狗娃去田里路过，把她扶起来，还把剩下的化肥帮着撒了。母亲又说："旺财家两口子外出打工，把孙子丢给奶奶，孙子调皮，从墙头上掉下来，是狗娃背着去医院的。"

第二天中午，狗娃来我家，拿了两张红纸。他把纸摊在桌上，就去折叠。我知道他笨手笨脚叠不好，就说我来。狗娃说："你要给我写好话。"我说那肯定的。母亲拿出糖让狗娃吃，他放到嘴里咔咔地嚼了起来。裁好了纸，我想着对联的内容，狗娃说："你就写'秀花好'。"我笑笑，说："我希望秀花好。"我搜索着脑中的诗句，决定找一副能配上横批"秀花好"的对联。最后我想起了一首古诗中的"世间花叶不相伦，花入金盆叶作尘"，写好后，我又写了横批：秀花好。我念给他听了，他说好啊好啊，秀花好。我把对联放在地上晾着，说贴在堂屋门上。狗娃说："我记住了。"就绕着对联转来转去地看。然后，我又给他写了厨房和卧室的对联。红纸余了两个边角，我说："狗娃哥，我给你写几个字吧，你贴井口和猪圈上。"我在一张纸上写下了"源头活水"，另一张写下了"猪羊满圈"。狗娃哈哈地笑着，说："好啊，好啊，我给秀花宰猪吃。"他对母亲说："姨娘，秀花结婚了。"母亲叹了口气。

等待对联晾干的时间，狗娃和母亲坐在门口晒太阳。母亲扯了扯狗娃身上掉了皮的皮夹克，薄薄的，问他冷不冷。狗娃站起来，把外套解开，露出几件旧毛衣。狗娃拍拍外套说："姨娘，你看我穿了多少，不冷，一点都不冷。这些衣服都是村上给的。"母亲说："我是在问你的脚。"狗娃穿了一双单鞋，鞋帮上落满了油漆，他跺着脚说："你看哪儿冷了，一点都不冷。"说完，又哈哈地笑开了。狗娃又说："就是晚上，我想秀花，想起秀花我就觉得冷。"

狗娃走了，母亲对我说："狗娃没事的时候就往秀花家跑。常常看见狗娃蹲在秀花家屋檐下晒太阳。秀花看见他来了，也挨着他蹲下，晒太阳。"

我笑起来，母亲又说："秀花的男人吉利在外面干不正经的勾当，苦了秀花。"我问："吉利怎么了？"母亲伸头朝左右看看，然后小声对我说："吉利这两年都在城里小偷小摸……"我一下子不高兴起来，冷下脸对母亲说："以后不要说这些事情，尤其是在外面，谁看见了？"母亲拍了一下板凳说："我也是听别人说的，我不过和你说说罢了，在外头我哪会说，你一年回不来几次，朝我发什么火？"

秀花是张二的闺女。八九岁之前是好好的闺女，还上了三年学，后来发热，把脑子烧坏了，就成这样了。秀花经常和狗娃在一起玩。

秀花虽说头脑不好，但能做一些简单的事情，像洗衣服、做饭、喂猪之类的。狗娃家的院子挨着秀花家，两家的猪圈都在一起。秀花的话多，狗娃的话也不少，一个笑起来嘿嘿直拍腿，一个腮帮子一鼓哈哈笑。村里总是拿他们当作茶余饭后的笑话。有一次，秀花看见一只公猪从后面搂住母猪，就问狗娃："公猪干啥？"狗娃说："我也不知道。"后来狗娃问其他人，人家告诉他公猪和母猪那样子，母猪就会生猪仔。狗娃就告诉了秀花。秀花说："那你也从后面抱着我，我也生几只猪仔，生了猪仔养大卖钱，我们买雪糕吃。"狗娃听了她的话，就搂住她。秀花很高兴地说："我们以后有雪糕吃了。"

秀花长大了，家里要把她嫁出去。开始有媒人把她说给狗娃，问她愿不愿意，秀花说愿意，要和他生很多小猪仔。问狗娃，狗娃哈哈直笑，到处跑着说，我有媳妇了。事情刚开了个头，秀花家变脸了，说两个半脑子人怎么能在一起呢，那日子过着有年没月了，像秀花这样的人就应该找一个头脑好的，哪怕岁数大些、人丑些也行。就有人想到吉利了，吉利四十多了，比秀花大十几岁，因为兄弟多，家里穷，也没个房子，人生得又黑又粗，终身大事就拖了又拖。不过，吉利后来学了钢筋工手艺，年年在外打工，很快家里的土坯房就翻建成了砖瓦房，日子还过得去。

秀花和吉利一直没有孩子。人家问吉利，吉利摇着头说："我命苦啊。"问秀花，秀花可不这样说，秀花说："我才不要孩子呢，孩子要吃奶，我哪里有奶，不把娃娃饿死了。"狗娃就说："你生，你生下了，我给你喂奶，我家的一群羊奶多得淌着呢。"秀花就拍着腿嘿嘿大笑，说："你咋不吃。"

过年了，村里大部分人都回来了，村庄一下响动起来。除夕傍晚，狗娃开始张贴对联了。我看他贴歪了，就说我来贴。狗娃端着半碗糨糊哈哈笑着说："霞妹妹，你帮我写对联还帮我贴对子啊。"

对联贴好了，狗娃从兜里掏出一把糖果说："霞妹妹你吃。"我说："你不是不吃糖吗？"狗娃说："过年了，谁要从我门前过我就给他一把糖，我要好好过年。"然后又拿出一本旧书来，打开旧书，里面夹着几张一百元的新票子。狗娃说："你看看，这都是我给秀花准备的。这几年每年准备一张……"

我点点头，不知说什么好。

我想去和其他人聊聊，问狗娃还有啥要帮忙的。狗娃说："没事了，你去玩吧，我去秀花家，叫她也把对联贴上。"我问他："吉利没回来？"狗娃说："回来了，一回来就去街上置办年货去了，听说今年挣好了。"我说："那好呀，那你去秀花家吧，我再去串门。"

狗娃端着糨糊去秀花家了，一边走一边提裤子。

夜里两三点，我醒了。外面的狗叫得很响，还有嘈杂的脚步声及哭声。我开灯穿好衣服出了门，路上有隐约的人影，好多人家的灯都亮了。

哭声是从秀花家传来的。

"怎么回事啊？"我问旁边的富贵。

富贵有些发抖，紧了紧没扣的外套，小声说："公安局来抓吉利来了。"

"抓吉利？吉利能出什么事情啊？"我吃惊不小。

"听说，在城里吉利诈骗……"

又有几个人围过来，都冻得发抖。

"吉利不是很老实吗？"我说。

一个叫明军的人说："唉，这人啊难说，一到外面就什么事情都有了。"

有人又问："吉利让抓走没？"

富贵说："抓走了。吉利可能听到狗叫，就开门了，公安一头碰上，就追，追到我家牛圈旁，跌了个跟头，公安一下摁住了，刚刚押走。"

秀花还在哭。

我走近前去，看见狗娃蹲在秀花身边，秀花边哭边说："警察警察……枪我害怕，我不敢睡……"

狗娃说："秀花，你起来，起来去我家睡。"

秀花抹了一把眼泪说："万一警察来抓你咋办？"

狗娃说："不会，我不拿上地上的东西。"

秀花这才站起来，狗娃拉着她的手。

这时，一个叫胖丫的媳妇子说话了，我和胖丫不是很熟，只知道她是国明的媳妇，去年夏天嫁到我们村里的。

胖丫说："狗娃，让秀花和我去睡吧，今夜国明没回来。"

秀花说："我不，我就要和狗娃一起睡。"

胖丫把狗娃拉到一边，对狗娃说："狗娃你回去吧。"又转过头来对秀花说："秀花，你们不能睡到一起的，走，跟我走。"

这时，几个女人都走上前，对胖丫说："赶快把秀花带到你家去吧。"

胖丫连拉带拖把秀花带走了。秀花边走边哭。

我到家里，才发现母亲也出去了，比我稍迟一会儿回来，我赶紧催她上床，"深更半夜地冻着怎么办？"

母亲说："不碍事的，衣服没少穿。"

母亲上了炕。我在炕边上坐了一会儿。母亲说："这个吉利，闯大祸了，这秀花的日子可怎么过啊。"

我只是叹气。

母亲掖紧被子，叹着气说："有天下午，下起了大雨，还夹着冰雹，按照节气呢，春天是绝对不会出现这样的大雨天气的。所有的人都在雨地里四下逃散了，秀花父母心疼地里刚出来的玉米苗苗，老两口进进出出指天又跺脚。狗娃看见了啥也没说，他去地里打雨布棚棚，四周用四根树枝支起来，秀花父母来雨地里拽他，才把他拽进沟边避雨的土窑。等到云收雨散，太阳光又洒向树梢，狗娃才从避雨的土窑跑回家。那天白天好好的，谁知到了黑夜里发起了高烧，差点烧没命了。到哪里找这样实诚的人去呢？就是秀花的男人吉利也没有给老丈人家这样干过……"

我端起水杯，狠狠地喝了两口。

天亮后，村里很安静，我以为有人会说吉利的事情，没有。村里人见面最多会说一句吉利被抓走了，知道吗？对方说知道呢，夜里抓走的。

早饭后，村里热闹起来。路上像赶集似的，熙熙攘攘。我发现有几个穿裙子的姑娘，有些诧异，这在以前冬天是没有的。即便我出门多年在城里怎么穿没人管，可回家时我规规矩矩地换上裤子。我还看到一两个姑娘穿着低胸的羊毛衫，胸罩的边沿露在外面。几个老人惊异地互相交换着不满的目光。狗娃家旁边的人家摆了两张乒乓球桌，让我来了兴趣，我在城里经常和朋友们打乒乓球，这活动对缓解颈椎炎和肩周炎有很好的效果。我和一个小伙子打乒乓球，我边打边问："怎么这么多人啊？"他说："姐你不知道，过年这几天大家冷耍，啥都耍……"

这时狗娃背着一捆干草从村头走来，几只羊跟在他身后，下了陡坡，他想歇一歇，换换肩。旁人对他说："狗娃，你看你苦的，不会等着年过完了再找草。"

狗娃吃惊地回答："啊？你说谁辛苦？我才不苦呢！我还有秀花呢，我要把羊喂大，换钱给她花，人这辈子啥是个够呢？有饭吃，有衣穿，有个热炕头就好，你说你还想咋呀？"狗娃又把干草扛在肩上，说着、走着，走着、说着。

晚上，狗娃去超市买了一包汤圆，把瓜子、红枣、核桃、洋芋、红薯都摆上了桌子。

秀花一个人黑灯瞎火地在屋里躺着。狗娃把秀花的父亲和母亲都叫上，把秀花先扶起来，想让她到他家吃顿汤圆，折腾了半天都没有成功。他们三个咋也拉不起来，最后叫我来帮忙，才把秀花拉下炕。

一轮明月悬挂在空中。大战场的星空，碧玺般深邃湛蓝。秀花就在眼前，干果甜枣，煮熟的红薯、汤圆都摆在桌上，没有什么比这更合他的心意了。

正月十五的月亮一定有相思的味道，秀花又在想她的男人吉利了。

月亮的旁边，星星的眼睛眨了又眨，夹杂着烟花爆竹的土香味、熟食的香味、干果的香味、汤圆的香味，在这个农家小屋的角角落落久久不散。

临走之前，秀花对母亲说："娘，你闲了给狗娃哥做一身衣服吵，你看他穿的衣服都旧得不成样了。"

狗娃那天晚上也没有睡好，翌日，他把本本里夹着的钱都给了秀花。他知道秀花是个好女人……

我要回城里了，经过秀花家门时，看见秀花和狗娃面对面地蹲在院子里晒暖暖，中间的小板凳上放着一堆葵花籽，狗娃一手捏着葵花籽，一手时不时抓一下裤子。

秀花说："等开春了，我在菜园子里种些葵花籽，秋收了你到我家吃葵花籽。"

狗娃说："我家有呢，我种得比你种得还要好呢。"

秀花说："等我种好了再去你家种。"

狗娃说："地畔种几垄葵花籽还要你一个女人帮忙，羞不羞哩……"

秀花说："我要生两个孩子，给你一个……"

狗娃边哈哈笑边拍着腿："好啊好啊，我要……"

秀花说："那你不要出去干活，不要拿别人的东西，你在家看娃……"

狗娃说："看呗，我不出去。"

# 把心留住的地方

一

　　我第一次去延安，路途中赶上了电闪雷鸣，狂风大作，暴雨倾盆直下，山上的白杨树左右摇摆。我和吉林大学的师生们，挤在一辆快要散架的吉普车里，被颠得昏天暗地。吉普车喝醉酒似的在暴雨中扭动着，摇摇晃晃地前进。吉林大学的师生来红寺堡调研学习一周后，去延安接受红色文化教育。车开一阵停一阵，在坑洼不平的山路上爬行。几天前，我的一个亲人因病永久地离开了我们，我封闭起来，独自悲伤。当我接到单位的电话说让我负责整个行程的安排和联络，我没有犹豫，立马出发。我们乘坐的车不争气，时好时坏。我们下车等待，司机气喘吁吁地修车。吉林大学的师生在路边的小卖店里避雨，几个学生在购买和品尝陕北特产。我站在路边，看雨中抖动的花草。积水越来越多，漫过了鞋。这条路上空荡荡的，四周群山环绕，令人蓦然生出一种凄凉感。远远看去，半山腰坐落着一排土窑洞，整齐划一，传来一阵阵狗吠。路边，一片片野山杏，枝繁叶茂，正在成熟的果实，压得枝条都弯了腰，树下铺满了黄澄澄的杏子。我和吉林大学的杨婷婷老师站在树下，捡了熟透的杏子，随便擦一擦，轻轻地吸一口，好甜好香。"大红枣儿甜又香，送给咱亲人尝一尝，一颗枣儿一颗心，心心向着共产党……"触景生情，这首耳熟能详的红色革命歌曲，便升腾而起，心潮澎湃。天空开了一道口子，太阳探出头来。雨后的天空，很蓝，蓝得像叠了几十层玻璃，感觉很不真实。几朵白云在蓝天的怀抱里，仿佛端坐的婴孩，安静极了。这时，有个学生说了一句因为有了云，天空不寂寞。我抬头，又看了看云。阳光照耀着苍翠的大山。阳光也照耀着我们，是别样的光华和温存。

## 二

到达延安市区，已经是傍晚。华灯初上，街道仍然人流如织。商贩们热闹的叫卖声，让我有一种回家的亲切感。作为革命圣地和历史古城，延安有很多值得我们游览的名胜古迹。一声吆喝，走来一位长者，一身灰色的中式麻布衣裤，白净的脸庞，银色的须髯。看到我们，他笑吟吟地招呼着，用纯正的方言说："欢迎来到延安。"我们十几个人，在临时借宿的房屋左侧凉棚里就座。房屋和凉棚是砖木结构，砖是青砖，木是松木。桌子板凳更简朴，原木原色。我和几个老师一桌，学生们一桌。长者随即递过一张菜单，并热情介绍，主要是延安的名小吃，原汁原味，其他地方做不出这种味道。几个南方籍的学生对凉粉很感兴趣，我们便随了大流。一时间，嘲食凉粉的呼噜声不绝于耳，令人捧腹开怀。暮色渐沉，远处传来歌声，沧桑而旖旎，仿佛洞穿历史，声声呼唤，声情并茂。我问旁边一个卖狗头枣的老伯，他说这是陕北民歌，翻身道情，听的就是这个味道。现实中的我们，身处新时代的延安，远山青翠，碧水蓝天。找到预订的酒店，安排师生们住下，我独自出去走一走。这时，熟悉的旋律从不远处传来。我跟随着旋律向前走去，看到一院平房的大门上挂着金色的长匾：红色文化记忆馆。两扇门是打开的，一条过道，迎面吹来无法拒绝的凉意。我带着好奇心走进去，最先吸引我眼球的是一枚枚精美的纪念章、各种版本的毛主席著作、一张张红色经典画报……很难想象，有人能珍藏这么多的红色纪念品。我心里升腾着庄重和神圣。用手机拍了许多照片，给好友发去。大厅里来了几个外国人，我有些惊讶，他们竟然也对这些收藏品感兴趣。女主人请我坐会儿，我没有推辞，跟着女主人进了屋。我才知道这红色文化记忆馆是女主人自费建立的。她第一次来延安，就被这里独特的氛围深深吸引，开始特意搜集相关的纪念品，并且一发不可收。女主人说延安是一个能够把心留住的地方，说她后来就嫁到延安。出嫁之前，她在江苏中专职业学校读书，学的是美术。其间就因为一次延安之行，让她痴迷于这个名扬四海的革命圣地。她这一嫁，就从中国的南端到了中国的西部，从此与家乡和亲人相隔千山万水，遥遥相望。我问她后悔过吗？这里毕竟不是山清水秀、鸟语花香的江南，这里是黄土高原，干旱少雨。她说后悔过，曾经心灰意冷，也有过返回家乡的打算。后来，她还是打消了返乡的念头，坚持下来了。如今交通发达，尤其是通了高铁，回家很方便，说走就走。女主人说她在延安的日子，有一种奇怪的感觉，总觉得头顶始终有个太阳照着她。从那以后，她一边照顾孩子、料理家务，一边收集红色纪念品。后来，收集的纪念品多了，种类丰富了，她就产生一个很强烈的想法，让更多的人了解延安的红色文化。她把家里的房子简单地收拾一下，忙前忙后地张贴红色经典画报，将收集到的纪念品，包括大量的书籍，全部摆放在书柜里。她还从当地学校借来桌椅板凳，免费教当地学生学习美术。她的这些做法，刚开始的时候遭到丈夫和婆婆的反对，后来得到了大家的支持和肯定，尤其深受游客喜爱。渐渐地，她的这个红色文化记忆馆名声在外，连外国游客都知道了。遇到旅游旺季，到她这里参观的人络绎不绝。大概是受这种影响的波及，到她这里学习美术的孩子也越来越多了。红色文化记忆馆的规模在逐渐扩大，美术班的规模也在逐渐扩大。形成这样的规模，她用了八年时间。说到这里，她笑了，意味深长。我不解其意，就问是怎么回事。她风趣地说"八年抗战"，不容易啊。我笑了。我问她是怎么坚持下来的，她说自己在最困难的时候，感觉自己坚持不下去的时候，就读《毛泽东选集》。近水楼台先得月（她收藏有各种版本的《毛泽东选集》），读着读着，就上了瘾，就真的有了信心，觉得一切考验都能够经受得住。她说这话的时候，显得特别自豪和骄傲，眼里流光溢彩。在她的讲述中，我看到了一个女人的八年，困苦、希望与梦想交织的八年。

三

延安深藏在山中，周围都是森林，气候湿润。延安的自然环境如此之美，颠覆了我过去对它的认知和印象，已经不是黄土裸露的七沟八梁，真是山清水秀、鸟语花香。延安的气温比我居住的红寺堡低了不少，有些寒意。可能是因为长途跋涉的疲惫，也可能是舒适的自然环境吧，我这个常年被失眠困扰的人，安然地睡到了天亮。早晨出发时，大家一致同意先去枣园。因为枣园是毛主席、周总理等中央领导当年居住的地方，也是延安红色文化最具魅力的一个景点。阳光铺洒在树木花草上，百年老树下坐着乘凉的人。进入景区，绿树掩映之中，一条小道蜿蜒而上。络绎不绝的游客，心情愉悦地徜徉在各个景点，拍照留念；组团的参观者则聚拢在一起，听着讲解员绘声绘色地介绍，神情庄重。毛主席当年居住的也是窑洞，办公室兼卧室。一张木板床，一张办公桌，一把旧椅子，墙上有许多方洞，做书架用。学生们一个个屏声静气，惊讶地张大了嘴巴。若非身临其境，他们无论如何都想象不出，人民领袖的生活环境竟然如此简陋，难以置信。导游指着院子里的葡萄架说，毛主席窑洞的灯光，经常彻夜地亮着，批文阅件、著书立说、指挥战争等等，雄才大略，运筹帷幄，日理万机。工作得太累了，毛主席就到葡萄架下休息一会儿；有时候觉得身体不舒服，就在院子里晒一阵太阳。即便这样繁忙，毛主席还要抽出时间访贫问苦，到老百姓中间了解情况，倾听他们的心声。没有调查就没有发言权，这是毛主席的一贯主张。人民领袖爱人民，诚哉斯言。毛主席故居有一棵高大挺拔的杨树，树干上有许多虬结，像是睁着的许多眼睛，而且彻夜不眠，永不疲惫。我想，以这棵树的年龄，它一定拥有很长的过往和今生的经历，应该见证了毛主席当年在这里的点点滴滴，它是最有发言权的，也使得它与众不同。这是一棵树的骄傲和自豪。情不自禁地，我拥抱了这棵树。树不语，超然豁达，似是原谅了一个小女子的幼稚和轻狂。倒是旁边的游客，看着我莫名地笑了，有了一番意义不明的议论。

## 四

出了枣园，告别吉林大学的师生们，独自去路遥故居。路遥故居在清涧县王家堡子。去路遥故居看看，是我近年来的一个心愿，因为文学，因为写作，因为他短暂而辉煌的人生。路遥的小说《人生》和《平凡的世界》，尤其与之同名的电影和电视剧，几乎家喻户晓。可是，路遥的经历，许多人未必知道。譬如，王家堡子后来出了一个荣获茅盾文学奖的作家，名叫王卫国。估计许多人回答不上来，他就是大名鼎鼎的作家路遥啊。我先是坐大巴车到清涧县城，再坐出租车到王家堡子。一路辗转，颠簸起伏，前面又在修路，行程变得曲折而莫测。远远望去，泥石翻滚，尘土喧嚣，感觉到处都是工地，是永远修不好的路。眼看着就到路遥故居了，却因为前面在施工，出租车无法进入。费尽口舌，值守路口的工人脑袋摇晃得像只拨浪鼓，坚决不放行。懊恼、沮丧和遗憾叠加，令我又疼又悲，真是无法用语言形容。旁边工地一个扛着水泥袋子的小哥看着我难过的样子，动了恻隐之心，嘱咐我可以到旁边的村子里走一走，看一看，为啥非去王家堡子不可呢？这里的村庄大同小异。这个小哥是知道路遥的，说路遥曾经也是和他们一样的人，只不过后来上了大学，成了作家。我看着小哥，终于得到一点安慰。我感激这个小哥，向他真诚地道了谢。我依照这个小哥的指点，往旁边的村子缓缓而去。高一声低一声的鸡鸣，紧一声慢一声的狗吠，让原本沉寂的村子，一下子有了生气。一个四十岁开外，脸膛黑里透红的女人出现在我面前。我知道她经常下地干活，风吹日晒，是纯粹的庄稼人。她的眼神有点呆滞，似乎也不善言辞。我早就看见了她，她好像并没有看见我。我向她走去。我问一句，她答一句。我说大姐是在这里等人吗？她说不是，她只是在这里待一会儿。我说我是从宁夏来的，来这里采风，希望她带我到村子里走走。她有些犹豫，我急忙拿出自己的身份证给她看。她并不看我的身份证，却瞥了一眼树上的鸟窝，答应了。我们边走边聊。我问她地里种什么庄稼，收成如何，她都很平静地回答了。当我问到她家里有几个孩子时，她说家里有五个孩子，眼睛也亮了起来，神情里有一种我所熟悉的母性。她家的几间土房，看上去有些年头了。堂屋的顶棚很黑，窗户很小，屋里也没有什么像样的家具。正墙贴着很多奖状，差不多占了半面墙。这些奖状，从小学一年级到初三年级，几乎年年都有。这些奖状分别是几个孩子的，从他们的名字上很好区别。这是这个家庭的孩子成长的见证，也足见他们的学习成绩很好，令父母骄傲和自豪。我也才明白，刚才问到孩子时，她的眼睛为什么突然明亮了起来，表情立马判若两人。这是一个朴素的母亲，面朝黄土背朝天，她自己的命运已然如此，却有一个朴素的愿望，希望自己的孩子学习成绩好，将来能够有出息。孩子们都不在家，大概是还没有放学。屋子里光线不足，显得冷清。一张看不出油漆颜色的方桌上，叠放着课本、作业本和几本课外读物。课外读物以寓言和童话居多，可见她的几个孩子基本处在小学和初中阶段。也有毽子和玩具手枪，从中能够看出她家既有男孩也有女孩。我说，你的孩子学习成绩都很好，将来肯定有出息。她听了这话，眼睛又是一亮。她说过去的农村重男轻女，她连学都没有上过，不会写自己的名字，吃了不少哑巴亏；日子再难再苦，她的五个孩子必须上学，必须有文化；只要孩子好好学习，她砸锅卖铁都愿意。她说自己也想上学，也有理想，就因为父母重男轻女，改变了她一生的命运；否则，她今天的生活，就是另外的样子。他们这里的女子结婚早，有的女子甚至十三四岁就嫁人了，大部分被换了亲。过去的农村穷得很，缺吃少穿，女子出嫁不讲什么排场，吹几声唢呐，唱几声秦腔，一头毛驴披红挂绿，驮着女娃就走了……她一边说，一边拿起桌子上的梳子，将上面的头发收起来，在手心里搓几下，放在旁边做针线活的篮子里。我不知道这是谁的头发，也许是她自己的，也许是她女儿的。身体发肤，受之父母，而母女更有脐血之亲。她的这一个细小动作，令我几多感慨，无以表达，却永远铭刻在我的记忆深处。因为，我也有母亲；更因为，我也是母亲。言谈之间，我总觉得少了什么。说到母亲这个话题，我才醒悟，问她的丈夫呢？她说丈夫出车祸，去世了。我心里一凛，觉得还是自己唐突了。早知道是这样，就不问了。我说，你一个人种地，供养五个孩子上学？她很认真地点了点头。这一刻，她的眼睛湿润了。这一刻，她在想什么，我不得而知，也不便多问。这一刻，我对她充满了敬意。一个朴素的女人，一个坚强的女人，这就是黄土地上的母亲。正说着话，门外一阵吵闹。五个孩子，两男三女，参差不齐，挤挤挨挨地闯进屋里，不停地打打闹闹、吵吵嚷嚷的。她笑说这几个娃就像麻雀窝里戳了一扁担，吵得人脑子不清静，一会儿看不见，又心慌得很。刚才，她站在村头，其实就是为了迎接几个放学回家的孩子。我笑了，心生羡慕。如果孩子们个个成才，可是了不得，五棵树一样，该是多么大的一片阴凉，庇护一个弱小的母亲，岂不绰绰有余？当然，我这样的想法，总归是世俗了一些，太过实际，不那么高尚。

几个孩子看见我后，收敛了打闹，安静了下来。小些的孩子用好奇的眼光打量我，有了最初的疑问。他们的母亲解释我是从宁夏来的一个婶婶。我对她的这个解释很认同，感觉很亲切，就像这个家庭的一员。那个大一点的女孩，很懂事地给我倒了一杯水。我来去匆匆，更没料到途中有这样的插曲。好在我包里有一包膜片、一包饼干和几瓶酸奶，以备不时之需。我将这些东西都掏出来，递给这个女孩。女孩迟疑了一下，看着她母亲。她母亲点了头，表示同意，女孩才把东西接过去。我说，给你们照几张相好不好？女孩这次没有征求母亲的意见，拉着弟弟和妹妹钻进屋里去。我说，你们别怕。女孩说，等我们把新衣裳换上。我说，不用换的，现在这样就好。女孩接受了，他们几个依次站成一排，让我照了相。她说三个女儿和她一样，从小就承担家务，每天麻麻亮，她们就起来了，烧锅做饭。当然，我也邀请她照相，却被她委婉地拒绝了。她要留我吃饭，我推辞了。说实话，我很想尝一尝陕北地地道道的农家饭。但是，时间不允许，我得在天黑之前赶回延安。令我遗憾的是，此次清涧之行，一路风尘仆仆，却没有能够如愿以偿——观瞻路遥故居。回头再想，便也释然。陕北与宁夏唇齿相依，清涧距离红寺堡也并非多么遥远，机会有的是。心诚则灵。表达对一个作家的敬仰之情，研读他的作品应该是最好的选择。

116

从延安回来，我满脑子回味着那些人和事。我打开电脑，开始书写与此相关的文字。写着写着，我突然意识到，我把自己的心留在了延安，留在了清涧，留在那个朴素的村子里了……

# 津门印象

一

火车在蜿蜒的轨道上爬行，望着窗外旖旎迷人的风光，我有点新奇和激动，甚至还萌生了一种指点江山，意欲赋诗一首的豪迈。积压在心头的苦闷与潜藏内心的隐隐不安似乎正在慢慢散去。

在曹庄下地铁，我仰慕已久的王忠琪老师早已在出站口等候，我的眼睛有点酸涩。我没有见过王老师，但在去天津的路上，王老师几乎是陪着我们一起出门，乘坐火车直达天津。每到一个地方都会收到他的各种温馨提示，内心早已把他当作可以依靠的亲人。

我一直相信人与人交往，冥冥中生而有缘，既然有缘便会在时间的长河里相遇，只是迟早的事情。感谢文学把他安排进我们几个人的生命里。

王老师高大的个头，微胖，有点啤酒肚，皮肤略显粗黑，总是面带微笑，朴实、和蔼、平易近人，没有一丝一毫故作姿态。要知道，王老师在天津作协有很高的威望。我闻到天津的味道首先就是从他的微笑散发出来的，带有墨水的清香。王老师的肤色与夜色融为一体，我想起了多年前在书本上读到的海河温暖的阳光。

夜从低矮浅色的郊区里走来，摇摇晃晃的，让人不由深深沉醉。

118

王老师特意带我们来到一家新疆风味的餐厅，憨厚的新疆汉子带着真诚而暖心的微笑，端上了色香味俱全的新疆羊肉串、大盘鸡、酱牛肉，美美地犒劳了一下我们的肠胃。

稍事休息后，汽车在郊区的公路上前行，周围黑突突的一片，偶尔传来几声蛐蛐的叫声。夜的香气弥漫在空中，织成了一个柔软的网，把所有的东西都罩在里面了，眼睛能看到的都在这个柔软的网上，一草一木都模糊，每一样都隐藏了它的细致之处，都保守着它的秘密。

抵达西青，已近深夜。长途旅行的劳累，使得我们都没有细细打量我们住宿的宾馆，就在极度倦意中沉沉睡去。

若非亲身经历，很少有人能真正体会天津对我究竟意味着什么，我胆怯靠近她时，她却给了我一个最温暖、最盛情的拥抱。

在天津的第一个早晨，王老师在群里发"温馨提示"，还有一首舒缓的《清晨》，虽然我不懂它的意思，但是前奏是清脆的鸟鸣声，让人神魂颠倒地进入了舒心的音乐世界。时至今日我都忘不了第一次听到它的感觉，轻柔、曼妙、悠扬，划破夜空，余音袅袅，有弹丝品竹之意。王老师告诉我们他要去接天津作协党组书记李彬，我们可以再休息一会儿，新奇与激动填满我们的胸口，哪里还睡得着呢！

天色渐亮，我开始慢条斯理地收拾打扮，毕竟这是在文化底蕴浓厚的天津，更重要的是参加会议的都是一些文学修为极高的老师，所以我格外注意自己的穿衣打扮。

# 二

时间悄无声息地滑到了下午，我一个人站在子牙河畔发呆，无法抹去回忆里的断想。早晨的见面会上，一位年过七旬的老爷爷，颧骨很高，头发梳得十分整齐，微微下陷的眼窝里，一双深褐色的眼眸，悄悄诉说着岁月的沧桑。他的眉毛时而紧紧皱起，时而愉快舒展，言语不多，一副典型的书生模样。不过从他极少的话语中，倒是可以看出他不同于一般的作家学者。

夕阳下的黄昏，作家诗人们开始了诗一般的生活，年轻的约着在子牙河附近钓鱼，年长的在河边作口语诗，我的眼睛随着他们的身影移动，丝毫没有寻见老爷爷的影子。西青还是那西青，只是觉得有些莫名的失落。一边往回走，一边看着天空。恰巧，在大厅碰见了老爷爷，我当时呆呆地看着他，竟然忘记了要说什么。老爷爷笑着说："宁夏的小朋友，我知道你们宁夏的大文豪张贤亮。"张贤亮打开了我们之间的话题，这才知道他叫王道生。

王老师老家在辽宁沈阳，几经辗转在天津一所中学教语文，因出版了一部反映教育战线同"四人帮"作斗争的长篇小说《园丁》，被调入《天津日报》任报告文学专版编辑。我心里暗笑，这不挺好的事情嘛，这文学梦走得和坐火箭一样，我们是没有这样的好福气，可接下来就不是这样了。王道生老师说，初来乍到，所有的苦难毁灭了他原本幸福的家庭，妻子是在大年三十离开人世的。他的语气低沉，眼眶里游离着泪珠，嘴角微颤，似憋着一股强大的力气在支撑着他。"过去的就埋葬在历史的缝隙里。"王老师略显无奈地说。

过去了就过去了，还好，这么多年一直在坚持着，是文学点燃了他生存的希望。继而一丝欣慰感也从他的嘴角露了出来。

二〇〇〇年他退休的第二个月，干了一件大事：安徽省马鞍山市市长周玉德被"双规"，省检察院批捕，芜湖中级法院开庭审理，《人民日报》转发新华社消息。他私访十五个昼夜，查清此案系贪官迫害清官的冤案，遂写出报告文学发表于《今晚报》，最后迫使检察院撤诉，为周玉德平反，恢复名誉和自由。详情在王老师的《王道生文集》五卷首篇就有。我站起来说："您都要退休了，这个事情完全可以让年轻人去做，十五个昼夜您能受得了吗？"

王老师站起来盯着我的眼睛说："一个作家的使命是什么？触角又是什么？首先我们要敢于还原一个事件的真相，要敢说真话。为了社会的公平正义，我要调查清事情的真相，这是记者的职责，即使我与周玉德素不相识，我也要去做，因为我爱我的职业。"他一边说，一边点头，一路将我送到电梯口，还嘱咐我天津蚊子多，晚上一定要关窗纱。聊过之后，我们互相加了微信，也看了王老师的一些报告文学，着实让人敬畏。当晚我对着电脑敲不出一个字，哭了整整一晚上，心里有个声音告诉我，要为这个老爷爷写点儿什么。

离开天津的前一天，我和王忠琪老师、著名诗人罗广林老师、鲁迅文学院院长邱华栋老师徒步去梁启超纪念馆。半道我接到王老师的电话，他还是用很平和的语气说："小胡，你在哪里呀？我给你把书送过去。"本来说好去梁启超纪念馆，我们阴差阳错跑到了李叔同纪念馆。李叔同纪念馆里游客络绎不绝，尤其是一些白发苍苍的老人。坐在石凳上观赏字画，再加上阵阵文墨清香，几位老师就更不愿意走了，坐在石凳上聆听导游解说。

此时，王道生老师在梁启超纪念馆等了足足两个小时，之后他竟提着七册文集到李叔同纪念馆，待我见到他时，他满头大汗，提着一大包书在门口站着，汗水顺着他的脸颊一滴一滴往下流。我心里非常不安，觉得自己配不上拥有这些书，但面对王老师那充满真诚、热切和期待的眼神，我无法拒绝。"有小说、报告文学，希望对你有所用，我还有个稿子要赶，就先走了。"王老师的腿受过伤，看着他蹒跚的背影，我思之长久，心不能静。七十八岁的高龄每天除了采访还坚持写文字，是什么让他有如此执着的意念？我不禁对王老师油然而生敬意，七十八岁的年龄每天还坚持着很多的爱好，他用电脑、手机为我们揭开一个个历史秘密、一段段历史云烟，展示中华民族古老的灿烂文明，这件事情对我触动很深。

我突然想起来第一次和王道生老师在宾馆大厅聊天时的情景。王老师在讲述他和妻子的故事时，摸了一把头发，当我们准备离开时，他小心地将几根散落在地上的头发捡起来，看了一眼，在手掌心拍了几下，夹到一本书里。他那一个细小的动作，永远铭刻在我记忆深处，那是一个默默的丈夫的情愫。


三


再来说王忠琪老师。晚上九点回宁夏，王老师早晨八点就到宾馆接我们，他安排了很多行程，第一站就是天津作协。王老师藏书很多，历史文献、小说、诗集挤满了柜子，在这里我惊奇地发现了王老师收藏的宁夏著名作家张贤亮的作品集。王老师说他喜欢看张贤亮的作品，通过这些作品，他知道了西海固，一个被联合国确定为最不适宜人类生存的地方，很多人的初衷只是为了吃饱饭，然而在那个不长庄稼的地方，却长出了一拨又一拨作家。我诧异地看着王老师，半张的嘴巴又合上了。

我是一个口拙而不会察言观色的人，几近于木讷，却往往给别人傲慢的错觉，因此吃了不少哑巴亏。老实说，我恰恰是自卑大于自信，见了那些名家就头皮发木，躲之唯恐不及，语言自然比头短半截，可是在王忠琪老师那里完全没有那种心理障碍，一点都不紧张。倘若论资排辈的话，王忠琪先生是我的老师，哪怕一天也是我的老师。他是一个渊博的学者，掌握着大量的信息，说起话来滔滔不绝。他那透过高度近视眼镜侧着脸看我的神态，至今仍如在眼前。

他说话非常坦率，有什么想法就说出来，既不装腔作势，也不以势吓人，任何时候都是和蔼可亲的。只要他认为有一技之长的，不管是老年、中年，还是青年，都一视同仁。我曾偷偷对宋丁哥哥（他的助理）说，王老师是活生生的一个宋江式的人物。

王老师最近策划了一个大型文学收藏活动，他要把天津市二十世纪六十年代所有作家的作品集全，还有作家们的手稿。按理说这样的事情交给秘书做也行，可是他却亲力亲为，乐呵呵地给每一位老作家打电话。我亲眼见到了蒋子龙老师写的《乔厂长上任记》《机电局长的一天》的原始手稿，王老师一副厚实的眼镜屏挡着他一双灵敏的永远思考的眼睛。

雨后的清晨，我们踩着泥泞，穿过一片片绿油油的草坪，第一次看到天津作协办公楼巍峨的身姿，大院是夯土建筑，占地面积很大，住着两家人，一家是天津美院，一家是天津作协，院子中间坐落一块巨石，镌刻"天津市作家协会"七个金色大字，闪闪发光，熠熠生辉，为整个大院增添了勃勃生机。王老师带着我们走了几圈，这才发现作协的占地面积要比美院的大，王老师哈哈大笑起来："你们知道为嘛作协的墙直直砌过去，到美院却向里移了十厘米？为嘛？因为我，我当时说不行呀，你们要往里砌，我的很多项目就要缩小，怎么办，我请你们喝酒吧。"于是作协的面积没变，美院则少了一堵墙的面积，王老师因此多了一个外号"王一刀"。不过王老师很自豪他这个外号。

王老师是个很有情怀的人，天津市作家协会是他一手设计的，院子中间的大石头都是他自己掏腰包买的。他一边笑着一边打开手机让我看最初的设计图，他的笑声有很强的感染力。

我拿着朋友圈一位农村作家写的诗给他读，想听听他的看法。王老师说："农村很少出作家，尽管走出农村成了作家，但又和农民拉开了距离。我虽然在城里长大，但作协这几年帮扶天津最贫穷的一个村子，在和最贫困的农民接触后，才真切地了解到农村真实的情况。也才发现目前所谓的乡土文学实在破绽太多，太脱离农民，太脱离基层。作家需要实实在在地体验生活，我们帮扶邓家村也就两年时间，你看，现实多会教育人。"

"我就在乡镇工作，在我的惯性思维里乡镇干部应该是喝喝茶、看看报纸，来乡镇后我才真真切切明白为人民服务那不是随便说说的。"我长出了一口气说。

王老师哈哈大笑起来，眼泪都流出来了："乡镇可不是个清闲单位，乡镇干部们天天处在政策与农民的利益和矛盾的焦点上。仔细想来，我们的政府机构和占总人口80%以上的农民群众之间的关系，就是靠这千万个乡镇干部维系着，所以要想真正了解农村的作家们，应该和你们多接触。"

"老师，那你爱农民吗？"

"我们单位下派的驻村书记说，刚开始真是爱，然后每次回来全是诉苦。"王老师的表情有些凝重，我一下子觉得那个爱说爱笑的王老师变了。"当然，农民也有淳朴的一面。"他说。

"写作那是年轻时候的梦想，来到作协以后想法就有了很大的改变，我觉得我服务好身边的一群作家比我成为一个作家更有意义。"王老师看了一眼前方的山楂林，又掉过头来看着我，他的眼睛里永远充满着自信与坚持，看着他的眼睛，自己仿佛变成了超人一样，拥有了一种想要振翅飞翔的能量。

我对王老师是敬重的。回到宁夏后，我曾多次谈到他，特别是他那些不同于别人的地方，我更是津津乐道，背后议论人当然不好，但我一点恶意都没有，只是觉得作为后生，要时刻向王老师学习。

四

秋风吹过，满眼晃动着别离的影子，鼻子、耳朵、嗓子，全都是咸咸的别离的味道。

王老师那天似乎比平时更累，他开车带我们去文化街，自己却在车里待了两个小时。下车时王老师摇下玻璃窗，半眯着眼睛说："作为一个文人，一定要认真看看天津的文化街，一定要看看。"

天津古文化街洋溢着中国传统文化艺术的氛围，寄托了历史的厚实以及无以替代的精神。清一色的仿宋装潢下的古文化街，"古"字在平静的街道上成了主角，临街的店铺一家挨一家，字画、古董、玉器、景泰蓝，甚至有景德镇的瓷器、宜兴的紫砂壶。"女娲也羡泥人张，年画当数杨柳青"，泥人张、杨柳青年画更是津门工艺的亮点。它带给我的是美妙遐想。这里的车总是比别的地方的车开得要快，这里的人总是比别的地方的人要走得更快。我觉得自己是如此矮小。我并不羡慕那种富奢的贵族生活，只是处在这样的大城市中，我总觉得自己和大部分人一样，心里时常会渴望着什么。

因为多了一份文化的了解，从此，我内心深处多了一份隐隐的牵挂。

上火车前，我们在一家餐厅围桌而坐，旁边的一位白头发老爷爷聊着他祖上的事。一百四十多年前，左宗棠率军进入新疆收复失地，他祖上是杨柳青货郎，随军贩售。进入新疆后，杨柳青货郎逐渐升级为坐商。赶大营的带头人安文忠在新疆发迹后，产生巨大号召力，使众多因水灾而贫困的杨柳青人前赴后继奔向新疆，时有"三千货郎遍天山"之说。而实际进入新疆的杨柳青人及周边民众远不止三千之数。赶大营的壮举不仅给杨柳青人开辟了一条致富路，给古镇带来新的辉煌，而且形成"百艺进疆"的恢宏场面，各行各业的杨柳青能工巧匠进入新疆，为西域边陲带去一股新风。带给我更大震撼的是，讲述这段历史令我几度落泪的老爷爷居然是大字不识几个的人！因为历史、经济等一些条件的限制，到新疆边塞地带的后人们有很多并没有机会接受教育，更没有能力用笔来记载祖辈们大移民的历史壮举，他们选择了一种执着得几乎固执的办法——口口相传。这是怎样艰难地传承？又是怎样虔诚地坚守？祖辈们要后辈们铭记于心的不只是移民途中的故土别离后的苦难记忆，更要铭记的是曾代代生息的天津这方热土吧！

眼前的爷爷让我肃然起敬。

# 五

写这篇文章已是回家一个月之后，我还是很怀念天津下雨的早晨。对我而言，天津只是匆匆一瞥，不敢说我看到了她的厚重，但我想努力地探访更多，可就如几位老师的修养般，内在的东西不是短暂几天就能看得清楚，即便是管中窥豹，我依然对我的种种遇见庆幸不已。认得西青，拜得老师，实在是难得的缘分。其实我一直都在回忆着那场雨，我分不清那是之前的回忆，抑或现在的回忆。总之，王老师的旁征博引就像是一些湿漉漉的雏菊，依然灿然地盛开在我回忆的路上。

# 一路北上

一

我在一个飘雪的早晨北上。

到了积雪幽蓝的午后，在川流不息的银川城，独自下了车。记得那时候的心情和视野一样，四顾一片茫茫，然后就匆匆迈开脚步，向着开往阿拉善的那辆车走去。

车窗外，雪花纷飞，雪意正酣。

贺兰山在冬雪中呈现出一种平地突兀而起、不辨高低轮廓的淡影，远远地静卧着，一片神秘。走近它时会有错觉，不知那片朦胧高原是在升起还是在静静伏下。雪片不断扰乱视野，我辨不清边缘线条。

我竭力透过雪雾，看见第一条峥嵘恐怖危险的大沟时，心里突然一亮，大雪向全盛的高峰升华，努力遮掩着我的视线。贺兰山沉默着掩饰，似乎是掩饰着痛苦。然而一种从未品味过的、几乎可以形容为音乐起源的感触，却随着难言的苍凉雄浑，随着风景愈向我纵深便愈残酷，随着伟大的为我露出裸体，而涌上了我的心间，才十月份，怎会遇到这样的大雪？

再往前走就是山路，而且是坡度极陡的山路，就好像高原走到那里戛然而止了，再往前就是深沟。本来有高山肯定就有峡谷，只是这里的峡谷来得比较突然。尽管我一直没睁眼依然能感觉到路况，弯道接弯道，且全是下坡的弯道。这样说吧，就没有超过一百米的直路，不晕车才怪呢！

绕啊绕，滚啊滚，一时间我更加天旋地转了。胃里早已清仓，颗粒无存，再没有什么可倒的了，就干熬着。昏睡中我听见有人找塑料袋的声音，接着是"倒粮食"的声音。终于轮到我了，一点儿也没哼唧，只是自己扶着靠背默默地倒着。倒完，我靠着玻璃窗忽然想起毛主席那首诗："山，快马加鞭未下鞍。惊回首，离天三尺三。山，倒海翻江卷巨澜。奔腾急，万马战犹酣……"思维太离奇了，我们这也算"卷巨澜"吗？奔腾急倒还勉强凑合，万马战犹酣就更离谱了。

因为难受，四川的女作家开始问："怎么还不到啊？"

活动组委会的工作人员说："快了，快了，马上就到。"

我听见他至少说了十个"马上就到"。

西藏的摄影家一边唱着歌曲，一边透过车窗东张西望，走在这样的山路上，对他来说跟逛街一样。一旦发现有好景，一个手势或者一个表情，司机就一脚刹车，继而摇下车窗，冷风忽地进入车内，就响起了咔嚓咔嚓的快门声。对我们晕车人来说，这样不断停车实在遭罪，我终于忍不住说："别照了，赶快走吧。"

工作人员又说："马上到了，只有几里路了。"

说着，又停了下来，又开车门。我说："怎么还照啊？"

工作人员说："路断了过不去。"

我听见开门下车的声音，四川的女作家也跟着下去了。我仍然闭目昏睡，但感觉到脸颊上清冷冷的风拂过，耳畔有几只乌鸦飞过。真舒服，吸进肺里的空气已经不一样了。

　　当我再活过来时，透过玻璃窗，我看见了四周的雪山，雪薄薄的。雪山之上是阴天，没有阳光。进入市区，蓝天就映入眼帘，蓝得让人流泪。

　　走下车，觉得熟悉又亲切，空气依然清新，依然稀薄。在酒店门口，遇见一对大打出手的夫妻，他们又高又胖。女的又哭又叫着，疯了似的一次次扑到男人身上，用她健硕的胳膊去打那个酒气熏天的男人。他们没有行李，女的空着手，男的提着一个塑料袋，里面装着几疙瘩肉。他不躲闪，也不反抗，任女的发泄。很快他们周围聚集了一些围观者，他们的脸上呈现的大多是遗憾的神色，酒店门口的保安也来了，拉开了女人，而那个男人已被打得唇角出血，他蜷缩在一根柱子前，哀哀地垂着头。围观者纷纷散去，而我由于等待在超市买零食的朋友，得以有机会一直观察他们的动向。女的坐在男的旁边的一根柱子前，哭泣着，大声抱怨着什么。她说的什么我听不懂，保安和匆匆而过朝她瞥上一眼的过路人的表情都是漠然的，可她的表情是那么凄然。她的诉说好像就是为马路上不时传来的汽车鸣笛声融入一种和弦似的。男人最后站了起来，走到女人面前，递过那个塑料袋，嘴唇动了几下。这一刻我才明白那里面是熟羊肉。女的跳起来推开他，可能是让他走开。男人很有耐性，又一次靠近她，满怀怜爱地把那个塑料袋递到她面前，这幕情景把我深深地震撼了。男人身上所体现的那种对女人的包容和温暖，令我无比动容，以至提着行李上电梯的时候，我的眼睛悄悄涌上了泪水。

酒店住宿条件真不错，窗户边上还有一个小书架，我在上面竟然看到了我们的《朔方》杂志，很亲切。还有本《草原》，我拿下来打算翻翻。可是头挨着枕头一秒钟，眼皮就像山一样倒下来。

一夜无话，酣睡。

## 二

早晨醒来，听见乌鸦叫，第一个感觉是头不再疼了。

推开窗，满目青嶂。新鲜的空气如山泉涌来，我大口大口地吸着，远处，云雾缠绕着一座座山峦，层层叠叠如海水漫过礁石，一片山涌成一片海。第一次来阿拉善，我感觉山的样子和海的样子是那样接近。

早饭后，组委会的工作人员说要带我们去蒙古族的旧址采风，那里至今保留着当年北方诸多少数民族游牧和战争的痕迹。

一番激动，一路好风光。

打开车窗，感觉空气甜丝丝的，清凉的风款款吹过。公路沿河蜿蜒而上，蓝的天，白的云，黄的沙。

黄沙漫漫，还有狂野的空阔和寂寥。更有我们穷尽想象力都无法细致描述的壮观和悲凉。在大漠深处，白色的毡房点缀其间，真的像苍天遗忘的星呢。沙山、牛羊、骆驼、毡房、光秃秃的树干，它们远离尘世，奇妙而自然地融合在一起，就是天赐的缘分，今生今世不分离。有那么一时间，我的眼睛湿润了。

当我把相机对准毡房门口立着的陶布秀尔时，我听见有悠远的歌声传来。歌声从谷底升上来，到达与我平齐的高度。稍作盘桓，又继续上升，升到了比身后的贺兰山更高的天上。我趴在冰凉的沙滩上，用镜头对准古老的弦，取景框中，焦距始终模糊不清。我起身看见远处的坡上走过来一个穿红棉袄的姑娘，身后跟着一群羊，赶紧上前搭讪。三问两问，得知姑娘叫琪琪格（花儿的意思），十八岁，家就在附近。我给琪琪格照相，她笑眯眯的，我忽然发现琪琪格戴着一串珍珠项链，还涂着红指甲，我要她摆个托腮的姿势，想把红指甲清楚地照出来，她就照着我的要求做，但实在不自然，做作得不行。

我让那么淳朴的姑娘变得做作，我觉得自己很愚蠢。

日头很大，我和琪琪格闲聊了半天，她热情地邀请我去前面的村庄参观，我欣然前往。刚走进村子，就听见一个小女孩咯咯的笑声，抬头一眼就看见了蓝天下一双纯净无比的眼睛。一个五六岁的小女孩站在房顶上，脸红扑扑的。我赶紧抓拍一张，想拍第二张时，她跑掉了，再也不肯过来。我跟着琪琪格，拐弯，再拐弯，看见沿着土墙有一排树，我暗自思忖，这树怎么这么小呢？琪琪格说："这树是两年前从沟底里移到此地的一种果树。"是什么果树呢，我没记住。果树有两米高，上面挂着一些彩色布条，大概是祈求吉祥，或者保佑树木的意思。

我们继续往前走，我听见琪琪格说这里有三棵树。

"三棵好啊，三木成林。"我大声说。

爬上了一个木梯后，我们来到了村庄的最高处，在那里我看见了大漠里所有的树，仅有的树。

是柏树，这点我可以确定，和别处的所有柏树一样，叶子四季常青，一片墨绿。但到底有多少棵，我无法确定，因为它们纠缠在一起，你可以说它是一棵，也可以说是三棵，在另一旁还有几棵小的，也挤在一起，树干与树干之间没有一点距离。不知道是当初种树的时候就把几棵树种在一个坑里，还是它们慢慢长到了一起？是先有了村庄种的树，还是人们依着树建了村庄？

无处可问。因为琪琪格说，这树已经有六百多年了，六百年前的事谁能知道？也许那个时候这里还不是一片荒漠？

我惊叫道："六百年？那应该是树王，不，树神、树仙。"

见我那么惊愕，那么欢喜，琪琪格自豪了很久，她笑眯眯地站在那儿看我拍照，看我围着树转。

在我拍照的时候，琪琪格接了电话，说的应该是她们的母语，我没有一句听明白的。她指着前面的毡房说那里是她的家，她的妈妈请我去家里坐，我高兴地点点头。

那一片很漂亮，金黄的树叶掉了一地，踩上去簌簌作响，树上的枝头间，还有更多的金叶子等着掉下来，毡房两边堆着高高的柴火垛。我和琪琪格随心所欲地在云朵一样的毡房里穿行，牧民们热情地请我们喝酸奶、喝酥油茶。那酸奶浓得像豆腐脑。我们还在其中的一个帐篷里见到了一位民歌传承人，我们喝着她的酥油茶，跟她聊天，她能讲汉语。我有些拘谨，向她表达了对民歌的喜爱，她笑着说谢谢，并拿出一本民歌集签名送给我。读着她整理收集的民歌，我读到了大漠的朴实、骆驼的沉默、牛羊的欢叫，以及空气中的甜味，那是酥油茶的味道。

我终于见到琪琪格的妈妈。她脸颊有两团红色，手捧着哈达迎了上来，我这个人总是受不住过于直接而强烈的情感冲击，于是迅速闪身躲到一边，最终还是被大姐推到酒碗跟前，大姐高亢的敬酒歌陡直而起，面前的三只小银碗中，苁蓉酒晶莹剔透，微微晃荡，酒液下的银子，折射光线，如那歌声与情意，纯净、明亮。我深吸一口气，让自己平静。同时感到身体内部某处电闸合上了，情感的电流缠绕、翻卷、急速流淌，我端起酒碗的手止不住轻轻颤抖。

大姐告诉我，每年大约有两万人到这里参观，就餐也有好几千人。

"那么每年收入呢？"

她笑了笑，没有正面回答我："反正比过去强多了，比放羊强多了。"她共有十个毡房，我里里外外都看了，非常整洁，不少毡房里摆放着床铺，光她家就能接待二十多个旅客住宿，有两个房间还是带卫生间的标准间呢。在门口看见四个金发碧眼的老外，正围坐在一张小桌边有滋有味地品酒呢！

"像你这样的接待规模，附近大概有多少家呢？"

"有十几户。"

"有到这里住一段日子的吗？"

"来住十天半月的常有啊。"

光这一户，全年就有两万多人参观，几千人就餐，那么附近大大小小的毡房，每年有多少游客参观呢？一年下来，牧民们的收入将是多少啊！

晚上的篝火晚会，我盘腿坐着。对面的蒙古族人尽情地唱歌跳舞，那些歌唱得撕心裂肺，又一往情深。唱歌的都是地地道道的农民，白天还拿着锄头在地里干活，或者在草原上放羊。夜晚，在篝火旁，他们却是歌者、舞者。他们都是六七十岁的老人，舞动起来比年轻人还轻盈。这使我心醉了，我感受到蒙古族独特的文化魅力，在震撼着我的心灵！

## 三

在阿拉善，我去了阿拉善王府、承庆寺、延福寺，朝拜了广宗寺。去广宗寺有作家格日勒老师陪同，他给我们做了些讲解。印象中游客不太多，门票也很便宜，不像现在，门票涨到一百元了。游客依然猛增，每天必须控制门票的出售数量才行，否则就无法保护这个珍贵的宫殿了。

我记得那时我还借了辆自行车，在阿拉善街头骑行，买东西，转悠。我在阿拉善的商店里买了许多没有染色的纯白羊毛毛线，和阿拉善的一个大姐一起学织围巾。那个毛线是兰州在阿拉善建的毛纺厂生产的，算是阿拉善的本地工业产品了。

那时候，阿拉善的街头，成群的狗，较少的人。那些狗自在悠闲地在街上溜达，或者成群地趴在商店门口晒太阳，对过往行人视而不见，如城市的主人。除了新华街，其余的街道都冷冷清清。不多的几家商店门口挂着很厚的帘子，撩开帘子进去，灯光暗淡，货架上落了很厚的灰，有水果罐头、饼干、胶鞋、手电筒什么的，几乎没有顾客。

在阿拉善待了几天，我完成了组稿任务，便与阿拉善的本地作家一起去了吉兰泰镇的蔬菜种植基地。

走进蔬菜种植基地，四处都冒着腾腾白雾，那是温泉的呼吸。当然温泉不是用来泡澡、浇地的，而是用来提高大棚内的温度。每个蔬菜大棚都铺设了暖气管道，其中的热水就是喷泉，一天二十四小时温暖着蔬菜，这是阿拉善独有的。

我们随意钻进一个大棚，里面种的是白莲花，很年轻，还没把心包裹起来呢，个个都敞着青春。还有一个棚子种的是豆角，也没上架。我们在大棚里遇到一个肚微腴、肤色黝黑的大哥。大哥给我们介绍说，这里的喷泉，温度最高时可达到二百摄氏度，我说，那是不是可以煮鸭子了？大哥憨憨地笑。我一听他口音像宁夏的，一问，不只是宁夏的，还是宁夏固原的，和我老家一个市呢。我马上用固原话和他聊上了，还让其他人为我们拍照。大哥说当初他和好几个固原的伙伴来阿拉善种菜，那时候真的是怀着一腔热血、万丈豪情，毫无保留地爱上这片土地。闲了他们聚集在一起，坐在草原上饮酒唱歌，日子着实悠哉。阿拉善盟行政公署对种植业有优惠政策，可以领到种植补贴。那几个进城以后就把钱都挥霍到娱乐场所和赌场中了。他远离了城市，在偏远一隅，种着蔬菜，孤寂而清静。

我同他谈了我的一些想法后，他鼓励我一定要多在阿拉善看看。

我们走出大棚，正午，太阳暴晒，简直睁不开眼。我感觉有些眩晕，在这样的阳光下，戴帽子、戴墨镜戴什么都没用，紫外线充斥在空气里，钻入你的每一寸肌肤里。可是我还是努力睁开眼向远处看，远处是贺兰山东麓山脉，延绵无尽头。湛蓝的天空下，耀眼的白雪让你无法正视，又逼你正视。

出了吉兰泰镇，我告别了同行的人，一路向北。好像身体里还残存着一股激情，需要以这样的方式释放出来。

路很陡，年轻人不断健步跑到前边，穿着长袍缠着腰带的蒙古族老伯步履匆匆，走在人群中。我前面的一个中年妇女抱着孩子走得挺起劲，孩子手里拿着奶糖舔舐。妇女见我走在她身旁，放下孩子，从布袋里捧出一把奶糖，塞来说："吃吧，不要紧，我自己做的。"大姐好客，过路人经过，她会拉住客人的衣角给奶糖。我被她的淳朴真挚感动了，接过奶糖。大姐见我嚼得有味，又递过一把往我包里塞，说："不要紧，自己的牛羊奶熬的。"她的热情不由使我和她亲近起来，攀谈才知道她原来是河南三门峡人。三十多年前，父亲因饥荒以一只羊的价格把她卖到了阿拉善大漠里，一只羊在今天的价格只值两千元人民币。我感叹起来，人，何谈价值呢，若身处穷地方，尤其是穷困时，只要有希望活下去，是不计较什么的。今天，她兴致勃勃地赶集市去，一定满含着她的新希望。

边走边谈，小镇逐渐吸引了我，而这个淳朴的大姐对小镇不怎么感兴趣，抱着孩子先走了。街边的饭馆里一碗碗香气扑鼻的羊羔肉、一盘盘羊背子都浸润着阿拉善独特的滋味。一个黑瘦的老人坐在路边的树下，声声哀求路人施舍，不远处，几个男孩子在打篮球。这时，我发现路上遇见的那个大姐走过去，她从衣襟下绣花兜里掏出浸着汗的钱递给了那老人。一切似乎是无言的，空蒙的云雾罩住了远处的山树，也遮住了那个大姐的背影，被生命追逐的夕阳仍行将且停在山顶，群山氤氲的墨绿被腐蚀成铁红色了，这时意象朦胧的贺兰山因彩雾的飘动真像活了一般，跌宕起伏地向夕阳奔去。

　　其实，我心里也明白，这几年是我比较浮躁的几年，各种诱惑包围着我，动摇着我，一度让我迷失。有一阵子，我频繁地参加各种文学活动，我从自己的生活轨道里脱离了出来，连自己也不知道路在何方。

　　一个小时过去了，两个小时过去了，三个小时过去了，我不知疲倦地走。天色已暗，人车稀少，眼前的山灰蒙蒙的。这时路灯亮了，光明突然降临，使我的腿软了，我再也走不动了。我站在路边等了很久，才打到一辆出租车。在畅通无阻的情况下，行驶了一个小时才到我住的地方，可见我走了多远的路。

　　我下了车，站在路边回望走过的路，思绪如水一样四处漫溢，路是蜿蜒曲折向上的,迤逦的灯火也就跟着蜿蜒曲折向上。这个时刻，灯火组成了一级一级的台阶，直达山顶，与天边的星星连为一体。

# 星 空

一

出了银川市区，一路往西走，沿途有镇北堡西部影城的路标，很醒目。

初秋的阳光很好。困倦之意忍不住升腾上来，坐在车上的我有些恍惚。司机和我聊得很好。司机说我这个时候来西部影城算是来对了。我顺着司机手指的方向望去，湖泊和农田在午后的光照中像是静静地沉睡着。再放眼望去，远山近水一览无余。南北走向的贺兰山伟岸挺拔，缓缓上升的山坡绿草莹莹，起伏连绵的黛青色山峦之上，是大朵的白云，形状奇异。初来乍到，我对身边所见的一切都感到新奇，条件反射地想起唐代诗人脍炙人口的诗篇："贺兰山下果园成，塞北江南旧有名。"司机说起张贤亮先生和他的西部影城时，掩饰不住崇敬之情，然后细数其中的明城、清城、老银川一条街等景点。这些烙有深深的历史记忆和时代象征的地名，虽然我耳熟能详却不曾目睹，现在就要和它近距离地接触，怎能心情不激动？

幸好没有堵车，一路顺风顺水。下车后，站在影城大门口，首先迎接我的，竟然是晃得睁不开眼的阳光。比大海还要蔚蓝的天空，阳光透澈而明媚。镇北堡西部影城，它已经不单纯是一个地理概念或者旅游景点，撇开那些烟消云散的历史风云不说，只说张贤亮先生的"荒凉文化"，就让人们产生无限的感慨与遐想。二十世纪八十年代，张贤亮先生的《灵与肉》《邢老汉和狗的故事》等小说作品家喻户晓。此时此刻面对影城，小说中描述的景物，一下子在我眼前具象地展开了，似乎身临其境，伸手可触。进入影城，越往前走，"荒凉"的特征和气息越浓厚。两座古堡，兀自耸立，显得原始粗犷，被迂回延伸的土路串联了起来。古堡四周，巍然屹立的土城墙，在午后阳光的照耀下，像古朴厚重的黄色玉石，尽管墙体有被岁月侵蚀的瘢痕。我默立在明城、清城那高大的城墙下，抬头仰视，心潮澎湃。

时间紧，天黑前必须返回银川市区，我只能选择性地参观几个景点。电影拍摄取景地点是首选。在电影《刺陵》的取景点，门口还立着林志玲和周杰伦的人形牌；汽车酒吧里拿啤酒瓶砌成墙面，光怪陆离，摇摇欲坠，似有酒晕之感，非常有个性，值得年轻人拍照打卡。最吸引我的还是大名鼎鼎、风靡一时的《红高粱》拍摄景点。包括电影中一再出现的闺房、酒坊和月亮门，这都是电影《红高粱》中最令人震撼的镜头，现在已经成了电影摄影艺术的经典画面。初出茅庐的电影演员巩俐，因此而一炮红遍天下。"中国电影从这里走向世界"，也由此发端，一路高歌猛进。

尤其在傍晚的时候欣赏月亮门，一轮明月高高地悬在夜空，月亮门孤独而瑰丽，在晚风吹动的浮云陪衬下岿然不动，我看着看着，竟然潸然泪下，耳边还回荡着"妹妹你大胆地往前走"的歌声。

在月亮门下，我好似饮了一杯烈酒，醉意朦胧。

<h1 style="text-align:center">二</h1>

在西部影城徜徉，仿佛时光倒流，走进一段历史的渊薮。

影城内，仿古建筑鳞次栉比，夹缝处有一条条曲径通幽的小巷。小巷两侧，布满各种各样的铺子，酒铺、肉店、布坊、饭馆，突出的是一个"旧"字，以假乱真，真假莫辨，最大限度地还原了以前的商铺酒肆模样，那么多脍炙人口的电影，就是在这里拍摄完成的。

仿佛时光穿越，我被这流水般的古巷裹挟，迷失了方向，只能随波逐流。张贤亮先生的收藏品展厅，可谓琳琅满目，令人应接不暇。有奇石，有字画，有家具，以古取胜，价值不菲，绝对是我等穷人和俗人不可问津的。欣赏是可以的，我一边浏览，一边啧啧称奇。欣赏之余，我敬而远之，恋恋不舍地作别了它。我也才更加清醒地意识到，文化也是商品，是有形的，是有价的；所谓无价，在于它形态背后的思想、意识和引领作用。走了几个时辰以后，我也才意识到，张贤亮先生的西部影城，使人叫绝的并不是"出卖荒凉"，而是一种深刻的文化呈现。

昔日的老银川一条街，又坐拥西部影城，立体地呈现在游人面前。尤其是那些朴素生动的砖雕，构图丰满，纹饰纷繁，刀法浑厚朴茂，透出粗犷之气。当然，景点各不相同，各有特色，所用建筑材料有很大区别，然后照旧修旧，足见花费了怎样的工夫。东西南北，工农商学，各行各业，集于一城，让曾经的老银川，以商业繁荣、教育昌明、百姓安居的面貌，引人入胜。如果是老银川人游览此景，心情肯定和我不一样，怀旧，留念，继而感叹。岁月不居，时过境迁。往往是，一条老街能够轻而易举地复古，而曾经与这条老街朝夕相伴的人，甚至几代人，早已经化作一抔泥土，深埋地下；如果真有灵魂存在，他们会来此地一游吗？答案应该是肯定的。在老银川一条街流连，我心里也沉甸甸的。今人虽非古人，必将成为古人，留下的只不过是供后人观瞻的青砖灰瓦。

影城游览的人群中，不乏衣袂飘飘的美女，她们的一颦一笑真好看。美女与老街同框，是一道有趣的风景。我举起手机要拍，有大方的女子侧过身子回眸一笑。作为留念，我给自己也拍了一张。

三

不难看出，西部影城近年经过修缮，有了很多新的气象。尤其是银川老街多了些清末和民国的痕迹，是刻意为之吧，比如一些雕塑、一些文字，乃至几处书院和私塾。经营者虽然依旧在一个"老"字上做文章，却匠心独运，特别重视对文化内涵的注入和阐释；否则，只是倚老卖老，意义不大。对不了解这段历史的人来说，也是一个窗口，从中可窥见淹没在岁月尘埃里的往事。

最吸引我的还是影城老街营造出来的人间烟火。那些正襟危坐而问客曰的妇人，那些酿制美酒佳肴的能工巧匠，那些含饴弄孙满脸慈祥的奶奶，那些童言无忌跑来跑去的孩子，那些在树荫下摆弄古董的白胡子老者。

远处是一排排整齐漂亮的青砖小楼，楼门前的院子里搭着竹篙，晾晒着花花绿绿的衣被，门侧贴着鲜红的对联："日暖芳园来紫燕；春和玉树发新芽。"见一个老伯正在门前择菜，便上前问好，老伯把我让进屋里。沙发上坐着他的老伴，手里正忙着针线活儿，见客来便起身让座。屋里窗明几净，老妇人纳的鞋垫，白底红线针脚细密。这一对老夫老妻，原先在三百多公里之外的固原的一条山沟里居住，移民搬迁的时候，响应国家号召，落户到这里，脱贫致富。儿子儿媳妇都在影城摆摊卖家乡小吃。他们是我的老乡。在这里见到老乡，一样让我感到亲切。影城一年四季游人不断，逢节假日，游人如织，他们的收入还不错。老两口不想闲着，也在景点摆个小摊，做点针线活儿，鞋垫能卖出去几双是几双。这里人多热闹，权当是看风景解心慌。

　　或许他们不知道的是，他们这样做，也成了影城的一道风景。他们看风景，风景也看他们。遗憾的是，新冠疫情期间，影城的游人比以往减少许多，老街摆摊人的收入也少了许多。但是，他们仍然在坚持，等待疫情过去、生意复苏的那一天。看着沙发上放着纳好的十几双鞋垫，我买了两双。旁边的人，也紧跟着效仿，将剩余的鞋垫买光了。

　　这老两口，应该收获了一份意想不到的好心情。


四


　　落日的余晖里，贺兰山像一幅言简意赅的版画，层次分明。

与贺兰山近在咫尺的西部影城，沉浸在夜幕覆盖之前的辉煌之中，更加古朴、浑厚。尚未南飞的几只燕子，在影城上空快乐地腾跃翻飞。

结束影城一天的游览，我饿了，饥肠辘辘。刚走进一家小小的羊杂碎店，就听见叽叽喳喳的声音。这是一个旅游团队，领队的女人很像电视剧《我的前半生》里的唐晶，干练的短发，年龄大概有四十岁，灵巧有活力。其他几个人，穿得长长短短，各有姿色。他们说话莺歌燕舞似的，显然是外地游客。领队转身看到我，微微一笑，我慌乱地冲她点头。她拿出在路边买的葡萄洗干净，用蓝色花边瓷碗盛着，摆在桌子中央。大多数人低头看手机刷微信。我和一个穿着宽松古风衣裙的女子交谈起来。她自称是一名网络作家。她是第一次来宁夏，目的就是想看看西部影城到底有多荒凉。她在网上发表日志，她在朋友圈晒她在影城拍摄的照片，龙门客栈、月亮门、红高粱酒作坊，包括马缨花餐厅、她骑过的骆驼，都一一得到露脸的机会，如此活色生香，网上点击量飙得很高。

吃完饭，他们并没有要返回的意思，说是要看夜晚的星星。

我浑身冷然，心有所动。看星星，是我曾经热衷的事。我小时候就在一个叫大战场的地方生活。那里有河，河面开阔。只要走到河边，就没有什么干扰了。天色黑漆漆的，有时候是比黑还要黑的深蓝，镶满密密麻麻的星星。银河通天，繁星如织。出门几步就是山河桥，那里有河风。夏天的夜晚，我们都愿意到河边乘凉。大人沐浴着河风聊天；小孩子听着河的水声，仰头看星星。后来，我们长大了，却不再抬头看星星，包括月亮。是琐碎繁杂的生活让我们负重，让我们只顾低头走路。即便是这样，我们还是有时间抬头看星星的。问题到底出在哪里？的确需要我们静下心来认真思索。也的确，银川夜晚的天空越来越模糊，无论春夏秋冬，即使没有雾霾，能见到的星星也只有数得过来的几颗。那个叫大战场的地方，现在也不可能有繁星满天的景象了。

影城没有大片的灯光，从周边散落的民居透露出来的灯光，基本不会影响到夜空的能见度。但是，他们依然不满意。雇来的当地的司机大概不是第一次经历这样的事，见怪不怪，服从客人的要求，开车出影城西门，沿着一条狭窄的通道，向贺兰山脚下行驶。与影城渐行渐远，已是四面戈壁，荒无人烟。司机一言不发，仿佛寻找一个深不见底的黑暗之源。一车的人，默默地等待着。我只是他们偶遇的一个路人。作为搭车者，我比他们更沉默。

是时候了，抬头吧。似有一个声音从遥远的星际传来。

于是，我们停下车子，抬起头来。天苍苍，野茫茫。浩瀚的苍穹，浩瀚的星空，笼罩四方。苍穹在上，星空在上，星星在上。只有人脚踏着坚实的大地。人却很渺小，犹如蝼蚁。万万亿颗星星或者亿万万颗星星（怎么说都不过分），它们在没有尽头的宇宙深处奔涌，分离聚合，此消彼长。这是一个没有月华的夜晚，满眼都是星星。且不要说那些生活在城里的人，就连在农村度过了童年的我，好像都没有看见过如此繁星如织的天空。

接下来，那个网络作家让大家看银河。一道银色的璀璨的星星的河流，河心的两股是断开的，若即若离，呈旋涡状，那就是银河的河心。只见著名的北斗七星悬在地平线上方，几乎是平躺的，它斗口朝上，明亮而深邃。我从未见过平躺在地平线上的北斗七星。那么，牛郎星和织女星又在哪里呢？有人问。我本来是知道的，但我忘记了，多年未见，实在久违了。我茫然地望着银河。网络作家指点着给大家看，在离银河稍远的下方，牛郎星和织女星隔河遥望。牛郎还挑着一对儿女，织女泪水潸然，一滴泪就是一颗星星。有人说，宁夏是星星的故乡。这应该是网络语言，要么是广告语言。但是，在宁夏看星星，最好的地方在西部影城，在贺兰山下，似乎是没有错的。仰望星空，我突然感觉到自己的语言是多么的贫乏。我羞愧地低下了头。

借用大诗人杜甫的一句诗："星垂平野阔，月涌大江流。"

茨维塔耶娃却是这样说的："一颗毛茸茸的星星……迷失在其他的绵羊中，奔向有着金羊毛的羊群……远古时代多毛的星星！"

# 有福之行

一

不久前，我在手机里读到一则一对美国夫妇毕生眷恋中国鼓岭的寻根故事。这个故事让我思索良久。放下手机，正是午后，我在阳光中闭着眼睛，眼里是一片绿，泪水慢慢地溢出眼眶。我没有想到自己会被这个故事深深感动，而为鼓岭流泪，这一切是那么不可思议。

福州福州，有福之州，电视上是这样广而告之的。

我因此心存愿望，能够在福州的大地上走一走、看一看。今年的夏秋交替季节，我终于有了一次福州之行。在飞机上，我的座位正好靠窗，可以用手机向外拍照。江面上来往的船只，工业园区红红蓝蓝的彩钢屋顶，大片的树木，那么流光溢彩。在地面观察的时候，树木之间是有距离的，哪怕它们相隔只有几尺。可是在飞机上俯瞰，它们都紧紧地拥抱在一起，化为一个密不透风的整体，仿佛望不到边的绿色海洋。

飞机落地，步出航站楼，乘坐宽敞明亮的大巴车，表明我们已经身临其境地进入"有福之州"了。与在飞机上鸟瞰完全不同，当我们脚踏实地，放眼望去，有福之州则是另一番景象。首先出现的

147

是沿途连绵的丘陵,这大概是福州较为特殊的地貌。在绿色的掩映下,丘陵的曲线惊人的细腻,乍一看好像很单调,仔细观察却能分出无数美妙的层次来。那些时隐时现的道路,蜿蜒曲折;那些水流经过的痕迹,从山坡倾泻而下,它们纵横有致,形成一种惊心动魄的美。当然,这只是我最初的印象和感觉,就像一篇文章的铺垫一样。在接下来的时间里,我们还要到一些著名的景点去参观。

虽说是夏秋交替的季节,这里的气温依然居高不下,让我这个来自遥远大西北的女子倍感亲切的同时,也承受着南方的燠热。头顶的烈日似乎在喷火,即便是厚重的云层都无法阻拦。好在天将黄昏,傍晚到来之时,高温在缓慢地退却。伴随着不远处璀璨的灯火,在茫茫黑夜里穿行一段时间后,我们回到了暂住的酒店。我记住了此行的第一站——马尾,一个奇特的地名,一个很容易令人产生联想的地名。酒店的大厅里,弥漫着一股新鲜的海洋气息,这是我在宁夏老家的红寺堡不曾闻到过的。也许南方的客人到了我们那里,首先闻到的是黄土地的气味,乃至羊肉的气味。海鲜与羊肉是两种截然不同的食材,前者来自海洋,后者出自陆地,尽管它们都是大自然对人类的馈赠。于我而言,能够面对大海,心无旁骛地品尝地地道道的海鲜,满足口腹之欲,实在是一种难得的机会。

猛吃、痛饮、笑谈、好奇,马尾的这个夜晚,我们异常兴奋。吃喝罢了,也热闹够了,再次进入大厅,我们便自觉地安静下来,也才感觉到有些疲倦了。想着明天还有紧张的行程,需要尽早休息,于是我们各自回了房间。房间里有两张床、两把藤椅、一个木几、一袭优雅的咖啡色落地窗帘,陈设简单而洁净。关键在于,这是一个看得见大海的房间，这正是我期待的。拉开玻璃门，走到阳台上，对面便是波光荡漾的浅褐色海面，腥咸的气息扑面而来，令人心旷神怡。楼下那条隔在酒店与大海之间的柏油马路，此时此刻在视觉里是不存在的。站在阳台上凝视良久，我又止不住地兴奋起来。我看着在海面上工作的"月亮船"，闪烁着点点微弱的灯光，渐行渐远，终于消失在茫茫的夜色里。转身躺在洁白的床上，感觉如同躺在海面上，在悠悠地摇晃。在这样的房间里，我什么都不想干，即便是躺着，也要在涛声的陪伴中，想象大海的波澜壮阔或者平静如镜。

不知是什么时候，我终于睡着了。睡梦中的我，竟然走向了大海。海面是金色的。来自大西北的我，小小的我，面对大海做着人类最古老的梦，金色的梦。

二

早晨醒来，往窗外看，天已经大亮了。

我浑身湿漉漉的，能够感觉到燠热正在悄然升腾。凭窗瞭望，海面是深蓝色的。我不知道大海在不同的时间会变幻出多少种颜色，但蓝色肯定是它的主色调。出生在大西北的我从小就喜欢蓝色，出门看见的是蓝色的天空；我当然也很喜欢大海的蓝色，只是之前无缘得见。这次福州之行，终于满足了我这个不算奢侈的愿望。手机闹钟还没响，看了一眼，才知道醒得早了。我难得醒这么早，是被大海的涛声叫醒的。

吃过海鲜味浓郁的早餐，八点整，我们在大厅集合，准备出发。

讲解员是个中年男士，面目清癯，身材细瘦，戴金丝边框眼镜，一口很浓的闽江口音。我们今天要去的第一站，就是福州的避暑胜地鼓岭，加德纳邮票的故事就发生在这里。听到鼓岭这个名字，似乎有只手狠狠地揪了我一下，我的眼睛又一次湿润了。

其实，站在历史的角度，我们行走的这条路线，就是一道记载着中华民族五千年文明的长廊，只不过很多东西被如水的岁月给剥蚀了，很多东西被深深地淹没了。鼓岭，层峦叠嶂，以主动的姿态承载着历史的血腥或者辉煌。是的，在鼓岭的山泉处，掬一捧水喝下去，便能够有深刻的体味，那就是水土交融，喝进泉水的时候，也就是体味历史。

阅尽历史沧桑的鼓岭，却是以水墨画的形式出现在我们眼前的。它仿佛静止在那里，凝固在那里。古老的村寨由几百幢石头屋组合而成，安详地卧在四面环山的鼓岭怀里。如丝如线的雨不紧不慢，轻轻地飘落到满山的翠绿上、满园的碧青上、重重叠叠的青瓦上，悄无声息地滋润着人们的心灵，洗涤着人世的风尘。石板路就是一段历史的遗存，连通着村寨的古今。雾霭悬在半空，一动不动，入定般连接了人间烟火。瞬间，我嘈杂的内心变得清幽和静谧。

这是一个古老的村寨。所有的房屋都是陈旧的、斑驳的、沧桑的，已经有几百年的历史。除了一条新修的进村的石板路，从外表看没有半点现代文明侵袭的迹象。鼓岭，它好像停留在晚清或者民国。石砖上层叠的苔痕，房梁上暗淡的图案，墙壁上久远的标语，都在默默地印证着它曾经的时代。它好像被外面的世界遗忘了，又好像根本无视别人的热闹，只顾按照自己的时间与节奏，从从容容地活着。

多少年了，山外的村镇和城市都以一种领跑的姿态，精疲力竭地追赶着多变的潮流，拆除了祖屋，推平了旧房，建起了红砖屋、楼房、小高层、电梯房……但它们的生命，其实早已经在无数次的转换与变更中死亡。而鼓岭，则活成了一个长寿的老人，淡然地打望着别人的沧海桑田，安静地守护着自己的家园。

在鼓岭行走了很久，只听见自己的脚步声。一些房屋开着，两鬓斑白的老人们在屋子里摆弄花草、烧火做饭，安静惬意。门外的狗也与世无争，慢腾腾地踱着步子，侧着脑袋看着我，不跑不叫，似乎习惯了缓慢和沉默。村寨的前面是一大片菜园，细雨飘落到肥硕的菜叶子上，没有一点声音。一个老人在菜地里轻轻地锄草，动作迟缓而舒展。他告诉我，鼓岭以前有两百多幢别墅，洋人在这里建了教堂、医院、网球场、游泳池……以前这里住的人多，现在就剩老人了，年轻人都去城里了。这里除了几声鸟叫，所有外部的声响和威胁都被鼓岭牢牢遮挡。我突然想，我要是在鼓岭住一晚，一定能很快酣然入梦。鼓岭的静，是真实的静，是入心的静。

村寨中央有一条小溪，弯弯曲曲，清清浅浅。我沿着溪流往山上走去，路变得越来越窄，但并不阻碍前行和同行。两边绿树的枝叶，一不小心就打落到我们的面前，晶莹的小水珠，从叶片上滑落，很快渗入我的衣服和肌肤。鼓岭中飞出的鸟音，清亮、婉转、悠长，让绿色显得更加幽深。我燥热而驳杂的内心，很快就变得清凉和纯净。那些灰暗的、漆黑的、猩红的、浮躁的心思全部退场。在鼓岭只有一种底色，绿得没有半点杂质，绿是故乡的颜色，是生命的本色。

我在一处石头屋前驻留，这儿是加德纳先生的故居。小院的石

151

桌上用刀刻的棋盘似乎还有一缕淳朴的味道，石头墙上挂着加德纳先生儿时的照片，玻璃柜里还珍藏着弹珠、小手枪等玩具，它们还散发着时间的幽香。一张照片上，加德纳夫人搂着一堵石头墙壁欢笑不已。与她同来的，是一群老老少少，都是当年与加德纳一同在鼓岭的老人与老人的后代。那些人像西海岸的阳光，把鼓岭的过去与今天照亮。

我想起头条里的介绍："加德纳，一位美国大学物理教授，去世的时候，嘴里反复呼唤着'Kuling'这个地名，使得加德纳夫人寻找'Kuling'很多年，后来终于在他的遗物中发现一个信封，邮票上印着'福州鼓岭'，加德纳夫人终于找到了这里。"置身于这样的氛围里，虽说身体是现实主义的，灵魂却是浪漫主义的，同时又觉得自己的这点文气实在是不够用。但是我相信自己的感受，因为中华文化博大精深，才能够让加德纳先生迷恋一生，至死难忘。

从山上下来，我还想去看看树王。导游说下次吧，现在都到午饭时间了，想必大家都饿了。我一惊，在鼓岭的半日游览，怎么好似短短的一瞬呢？看来时间也因景而异，流连在美妙的风景里，时间会过得格外快。同行的人也叮嘱，下午还有重要的学习安排，还有联欢活动。我只得遗憾地与鼓岭告别，然后恋恋不舍地回头张望。

在鼓岭，我忘记了时间……

三

明天就要结束"有福之行"，心里有些不舍，便早早地起床。

152

我拎着相机在海边抓拍着每一个瞬间，以便将此地镌刻在永恒的记忆中。我不停地拍摄着，直到一只橄榄褐色的、黑嘴红脚的白额山鹪鹕，越过我站立的台阶，优雅地飞向层层浪花之间。天开始转阴，接着就渐渐沥沥地下起雨，雨不大不小，但雨声很清晰。这样的雨并不妨碍鸟儿们飞翔，鸟声在雨中婉转，听上去别有一番情趣和滋味。如果雨后有阳光普照，这样的阳光应该是湿漉漉的，会暖得让人微醉。雨水与阳光的交织，使得这里的空气经过反复过滤，不仅清甜新鲜，而且饱满丰富，用气象术语表达，则是空气里的负氧离子含量很高。这样的空气，令徜徉其间的人们心情格外轻松和安然。

海边的游人渐渐多了，他们的穿戴各式各样，五花八门，给我奇装异服的展览会的错觉。再看他们的脸沉静而舒展，表情愉悦，似是人间从来无愁事。他们走向不远处的海边，在大海的映衬下变得红红绿绿，像轮船上迎风招展的万国旗。他们或挈妇将雏，或呼朋引伴，三三两两地在海边与白色的浪花嬉戏；有人唱着歌，歌声断断续续地传来；也有人执着于拍照，不为身边的嬉戏和歌声所动。有意思的是，我在海边看见了两棵近在咫尺的椰子树，它们一高一低，将颀长的躯干伸向对方，却只能彼此相望，而不能相拥。也许它们前世真的是一对恋人，然后化为修长婀娜的椰子树，矗立海边，默默相守。它们的身后，是大片密不透风的椰子树林，衬托得这两棵椰子树更加孤寂，离群索居的样子。触景生情，我在这两棵椰子树下站了好久，心绪颇为复杂。也许是我多虑了，庸人自扰而已。

白额山鹪鹕不间歇地撞击着浪花，有时候有小而温柔地碰响，

153

有时候毫无声息。鸥鹕和浪花的游戏，原本再平常不过了，却让我联想到高尔基的《海燕》。这是一篇我小时候就会背诵的名篇，幼小的心灵也被隐隐地撞击过，似乎还因此产生了朦胧的文学梦。《海燕》里的海燕，象征勇敢无畏和战斗精神，期待红色风暴来得越猛烈越好。海燕和鸥鹕应该是不同的两种鸟。顾名思义，白额山鸥鹕因额头呈白色而得此名，是众多鸥鹕中之一种吧。古代描写鸥鹕的诗词有很多，譬如"堪随游子路，远入鸥鹕啼""家近尚无鸿雁信，客愁复有鸥鹕啼"，一个"啼"字，表明鸥鹕的啼叫之声，留给文人墨客的印象极为深刻。

我的双脚接触到冰凉的水面时，一只白额山鸥鹕从远处的海面飞来，瞬间放大，然后展开翅膀，笔直而熟练地向我撞击，我的身体向后倾斜，下意识地闪躲。有一次，眼看鸥鹕就要撞击到我的脸了，我也零距离地看见了鸥鹕的额头；它那翅膀扇动发出的声音突然放大，我听得清清楚楚。我不想再躲闪了，而是做好了迎接的准备。我相信鸥鹕的这一击，会让我刻骨铭心，也是有意义的。就在我做好了准备的时候，鸥鹕却远走高飞了，只留给我一个逐渐模糊的倩影。那一刻，我有些心酸，感到遗憾。

在激情过后，我走近白额山鸥鹕，为它们拍照。我的镜头几乎触碰到它们的翅膀，但它们并不躲闪，没有惊恐之状。我才知道原来它们是这样的友善和包容，很愿意和人类友好相处。我也因此想到另一面，所有美好的事物都缺乏对侵犯的抵抗。鸥鹕其实是弱小的，我们人类必须善待它们。大海是人类的，更是它们的。大海是它们世世代代赖以生存的家园。这样想着，一束阳光透过云层静静地倾泻下来，温煦地洒在我身上，我突然感到久违的轻松、舒展和幸福。

短暂的几天，我在海边流连和徜徉，我想坐就坐，想站就站，想走就走。看着大海的辽阔坦荡和起起伏伏，听着持续不断的涛声和鸟鸣，暂时放下世俗的累赘，享受到了一个异乡人到有福之州所能享受到的全部宁静和幸福。

大海给予的宁静和幸福，我这一辈子都忘不了。

# 望罗山

一

我时常觉得在我生命的深处，有一些东西在荒芜地缥缈，使我无法平静。怀念，或是感动，或是遗憾！

昨天的叶子没有枯萎。

此刻，二〇二一年十月的早晨，昨晚一场秋雨使罗山的天地变得灿灿的。冬天的寒风提前挤满窗棂，窗外稍远的一点儿地方，那棵树木正在费力地摇动，分明是想摆脱大风的束缚，可是很难。

我突然很想闻一闻久违的罗山的味道，浸泡在罗山的苍翠中，浸泡在清新中，浸泡在诗意中，深吸了几下……

这样的时刻，我在电脑上敲下了三个字：

望罗山。

十年前我上过罗山。这次罗山是上不去的，因为罗山自然保护区的核心区是禁止进入的，我只能站在山脚下眺望……第一次上是十年前，一晃十年过去了，人这一辈子，还真搁不住那么几晃啊！

这些年我一直感觉日子过得太平淡了，便找了一些有趣的事情，比如有时我会借文学的名义在红寺堡的农村短暂生活，或者说"采访"。一路上只要闻到了汽油的味道，我的愿望就刹那间升腾起来，突然有种下车的冲动，有折进一户人家的冲动，有坐在灶前烧火的冲动，有端着头大的蓝边子碗吸溜面条的冲动，有睡在滚烫的大炕上不起的冲动。

当我的双脚踏上罗山深处的每一寸土地，寂寥的景象梦一样扑来，我的心沉浸在罗山秋色覆盖的夕阳中。

我远远望着罗山，望着它，上空还飘荡着梦呓般的炊烟，袅袅的。从小炊烟里冒出，一咕噜一咕噜的。又在各家屋顶会合，在山风中牵手，围在灰色屋顶上旋转舞蹈，弄得一排房屋像飘浮在云中。狗吠了几声，从一个黑色大铁门里走出两个孩子，我和他们打招呼，说："小朋友，你们这是几组？怎么路上一个人都没有？"两个孩子互相望了望，又看看我，一闪身进了门，喊着："妈——妈——"

从屋里应声走出个女人，诧异地看着我说："你找谁？"

我回答："不找谁，我就是来这里看看，拍些照片，回去再写文字。我想找个人聊一聊村里的情况，一路没有碰到一个人。"

女人哦了一声，没有一丝的质疑，回身一掀门帘说："快进来吧。"我进去，放下背包，女人一边招呼我上炕一边说："凑合坐吧，我这家里，怎么收拾也收拾不利落。"

这下轮到我惊异了。女人这一句话说的不是刚才的方言，是普通话。我吃惊地望着这个女人。这个女人，怎么看她也就是一个地地道道的农村妇女，一脸岁月的风霜，我甚至都看不出她的年龄。女人笑着说："我是'宁漂'，怎么，看不出来了吧？"

我摇着头，自己也不知道这摇头是认同还是否定。屋里摆设很少，除了电视机和沙发，我再没有看到其他可称为家电或家具的物件。

炕上的铺盖是破旧的，灶台上堆着几只没有清洗的饭碗，旁边扔着一只大筐箩，里面装着玉米。满地狼藉，显然还没顾上清扫。唯一能看得出女主人一点心思的，是窗台上养在一只破碗里的白菜心，抽出了长长的莛，开着黄色的小花。星星点点的黄，在光线昏暗的屋里，有着不同寻常的明亮。

"真好看。"我不由得说。

"我就喜欢个花草。"女人回答，"改不了。"

女人又说："你要是早来两个月，就能看见我这满院子里，角角落落都是花，玫瑰花、波斯菊、向日葵、七叶花。"说完，她笑了。

这一笑，可看见她的眼角堆满鱼尾纹，但她的眼睛却突然明亮了起来，有了神采。这突然的明亮让我这个外来客感受到了她的年轻，原来她还是个年轻的女人。

"我们这里好还是城里好？"

我望着她笑了。于是，在心里分析着二者的差异。最后我说："我是个农村人，骨子里更喜欢农村。"

女人哦了一声，恍然大悟，说原来如此。不过，她到这村子八年了，还是头一回遇到我这样喜欢农村的人。女人又笑笑："从前我们这里来过几个考古的，那些人的着装我们都当古今讲着呢，你来了，这以后啊，我可以给别人说嘴了。"

我和两个孩子笑了。

灶上坐的水烧开了，嗞嗞地响，冒出来白汽。女人给我倒了一杯水，又让我灌满水壶。她和面，从柜顶的盆里取出两个鸡蛋，磕开，打在面粉里。她又翻找出了红糖、玫瑰花瓣，把它们和面粉一起搅和起来，做馅料，包在饼里。然后，开煤气，倒油，不一会儿，屋子里就弥漫着糖饼的香气。

我在女人身后默默地看着，看她像变魔术一样变出了美食。此刻她看上去那么笃定，有条不紊、胸有成竹。恍惚间，我觉得这场景十分熟悉，那是——我娘的背影，我已经很久没有回去看她了。鼻子一酸，几乎落泪。

"糖饼，很好吃的，你尝尝。"她端着盘子走来。糖饼一切四瓣，玫瑰花瓣和红糖融合在一起的特殊香味，热烈地扑鼻而来。"你尝尝，好吃不？"她把盘子举到了我的面前。

女人这么一说，我急忙从背包里把剩余的那些糖果、面包、饼干，一股脑都掏了出来。我捧在手心里，招呼地上的两个孩子说："来吃吧。"

但是两个孩子站在那里，望着我的手一动不动。

好有教养和尊严的孩子。我一阵惭愧，觉得自己造次了。

我急忙向女人解释："这原本是我随身携带的干粮，就剩这一点了，现在我吃了你们的糖饼，用不着这些了，给孩子当零嘴吧。"说完我把手里的东西小心地放在炕桌上。

我拿起一块糖饼，慢慢放进嘴里。

那十几块花红柳绿的糖果、一包饼干，静静地躺在炕桌上，传递着一些会心却无声的语言。女人没有说话，只是默默地看着我咀嚼吞咽。然后，她突然说："一会儿，让这俩娃送你到村口，前村有个山庄，你去看看，那里有一些老祖宗留下的东西，你应该会喜欢。"

意外的喜悦和感动，我不知道说什么。

"远不？如果远，我自己找着问，孩子这么点儿大，走不了远路。"我说。

"不怕，农村的孩子，皮实。再说村口，他们闭着眼睛都能走到。"女人淡定地说。

吃了，喝了，我也不敢再耽搁了，向女人告辞。女人没说什么，从锅里又拿出一块糖饼，说："带上。"我不好意思推辞，硬把饭费留下来时，女人的脸涨得通红，好像这对她而言是耻辱。趁女人不注意，我偷偷地将五十元钱压在炕桌下面。

女人送我出门，说："走好。"

我问："大姐，你贵姓？"

"免贵姓王。"女人回答，"王秀琴的王。"

这个回答让我一下想起了她的学生本色。王秀琴，我忽然觉得心里一阵翻江倒海。生活，真狠。我想朝女人笑，却没笑出来，我怔怔看着女人沧桑的脸说："也许有一天我们还会相见。"

"也许吧。"女人只是淡淡一笑，"你看两个娃娃都跑远了，快去吧。"

果然，两个娃娃一溜烟，蹿出了家门。

我挥手作别，急忙追赶，跑到拐弯处，我转身，喘息着朝罗山的方向喊道："大姐，我叫胡静。古月胡，安静的静。"

伴随着黄昏的来临，晚风乍起，吹拂着一片片玉米，好似绿色的水面上浪花点点。水是没有的，清冽的空气中只有一些潮湿的气息，惹得我的鼻翼兔唇似翕动不止，我沿着道路踽踽而行。夕阳映着西

160

边的一片树林，降落得非常缓慢，血色的晚霞染红了罗山。我沉浸在糖饼的香甜里，这样的时刻是少有的，让我不由得想起一位作家说的："变美是痛苦所能达到的最高境界。"那么女人对花的态度，对我这样的外来人的态度就是把困境变成了美吧，还有善良。

## 二

阳光把天空烧成一张白纸，两个娃娃走在我的前面，步子迈得小而快，我紧跟着，突然觉得人奔波在路上，吐着血，朝着功名利禄。我何尝不是呢？

当我再回头望，女人远了，罗山似乎把角角落落拥在怀里，像一只母鸡暖着它的蛋。村庄热腾腾的，把罗山也暖得热腾腾的了，我突然流下了热腾腾的泪。

周围很静，家家户户都围在一起吃饭。我站在路边望着从窗子透出的温暖的灯光，心里有一种淡淡的寂寞，拿出刚才女人给的糖饼，我咬了一口，心里有一股暖流在慢慢涌起。饼子比不上餐厅的，但是在罗山之下有人关心总是一件温暖的事情。

我突然想起了前几天的秋雨。天空下着冷雨，整个院子都寂静无声，只有我独自在门口来回踱步。家家户户都把温暖和欢笑关在屋里。女儿跑出来要陪我，我没让。天冷，还下着雨，我不想把这种消极的情绪带给她，一再坚持让她回家看动画片。女儿不肯，见她坚持，我就让她回家拿手机拍几张雨中的罗山。女儿拍完照片，雨越下越大，无论她怎么说我都没让她留下，一个人撑着伞静静地望着雨中的罗山。

我望着罗山，似乎望见了自己的命运。人到中年，很多时候我夜不能眠，头发一把一把地脱落……尽管前途未卜，工作的事情八字没有一撇，我仍然渴望能安身立命。这也是没有办法的事情，我总不能在家闲着。

我和罗山再次对视，我的眼里顷刻间蓄满泪水，有一种肃杀的沉思与柔弱的祈求。在这漫长的沉默里，我的心裂开了一道缝隙，里面凭空横亘一道冰河，我甚至能听见反光的冰块的撞击声。

此刻阳光散发着耀眼的光芒，云层中透露出来的猎猎飘扬的红色旗帜在天边燃烧，气势雄壮。面对罗山诗意的身影，不觉对"天下的黄土哪里不埋人"的俗语有了如皈依般的感悟。这句话是对生命的坦荡的理解，听娘和世人无数次的叨念，如今它在我心中才有了完整的归宿。

天完全黑下来，我迎着星星走进了山庄。气派的门楼，正房坐北朝南，粗壮的柱子，浑圆的穹顶，复古的房间。同村落的土屋有着明显的对比。我趴在窗户上朝里看，终于同炕上的老奶奶看对了眼，她掀起门帘走出来，热情的一声"进来看"，使她白净面容上的笑容看起来更加亲切。老奶奶六十来岁，瘦得两腮凹陷，使她的眼睛显得更大。老奶奶热情地沏盖碗茶，我赶快阻止，但她没有停止忙活。孙女小学毕业后待在家里帮助奶奶打理山庄，今年十五岁。我们站在厨房里说话，老奶奶说儿子、儿媳妇都在外地做生意，她领着孙女在家。厨房里收拾得很干净，碗一溜倒扣在案板上，靠后墙砌着两口地锅，灶台上的白瓷片光洁明亮，灶口没有丁点儿草屑。

浴房紧挨着厨房建造，贴有瓷砖，洁净明亮。

老奶奶说，村里不会写名字的妇女还有一半，主要是在老家受男主外、女主内的传统观念的束缚，移民搬迁后一时半会儿还接受不了新观念，因此妇女就业率很低，一般都在家抚养儿女，女儿则待在家里待嫁。我一阵心疼，感叹小女孩灵巧的双手却不是用来写字的。

不一会儿，一拨游客进了堂屋，把屋里一个抱孩子的妇女挤进了墙角，她和娃娃投过来的目光充满惊讶和羞涩。游客们忙着拍照，拍雕花的窗棂，拍墙上的匾额，拍抱娃娃的妇女。我爬上炕去摸了摸炕柜，很想打开看看，却怕主人生气，就捶着腿坐在炕沿上，感觉热热的，伸到褥子底下一摸，手心也热热的，这让我想起了老家的炕。

在这样的房间里我什么也不想干，只想躺着。土炕、藤椅、墙上画着精致的线条，窗上挂着雅致的咖啡色窗帘。我跪在炕头上透过窗户能看见一颗颗星星，它们在夜空中一闪一闪的，就像一个围着大披肩的女人的眼睛。老奶奶一路说着"来了来了"，端上了一大瓷碗手擀面条，后面跟着她的孙女，小姑娘端着一小盘咸韭菜，站在门外不好意思进来。

"进来呀，小姑娘。"我向她招手。

也许是碗有点烫手，老奶奶猛地将碗放到了饭桌上，汤水溅到了我的旗袍上，她慌忙拿毛巾给我揩，手有点抖，连说："不好意思啊姑娘，人老了……"我接过她手里的毛巾说："奶奶，没关系的。"她在围裙上搓了两下手，看着我说："前几天来了一位女客，是我们当地人，身上揣了两三百元钱，问我能住几天，我说也就三天吧。那位女客在房间里躺了三天，就是你斜对面的那间房。有个女人每天送来一些简单的饭菜。"

老奶奶用揶揄的口吻告诉我这件事情。

"她就那么躺了三天，居然能躺得住。我估计是和家里男人生气了，兜里只有两三百元钱，我们这里的人就这样，挣了钱就花，花光拉倒，不像你们城里人有个打算……"老奶奶又说道。所有房间的设置都差不多，除了东侧有厨房，其他厨房是闲置的。老奶奶像保护孩子似的保护着她的房子，不准客人做饭动火，煮泡面都不行。

如果仅仅是担心油烟熏了她的房子，那倒好理解了。但老奶奶并不像有些店家那样，为了赚钱，不讲原则。许多山庄、民宿现在只要付钱就能住，无须登记，但在这里，却是没有身份证不让住，即使多给钱也不让住，男女混住就更不允许了。

第二天早晨，我听到老奶奶和一个年轻女人吵了起来。女人说："你这老太太会不会做生意？！"

老奶奶说："我当然不会做生意，会做生意，我的门还能这样干净吗？"

年轻女人昨晚和一个男人以夫妻的名义住在这里，今早男人走了。可是男人前脚刚走，女人就打电话约别人来，被老奶奶察觉了。她毫不留情地对年轻女人说："在规定的时间内，你在房间住可以，但不能招男人来。"

我怔怔地看着老奶奶，对她肃然起敬。

临走，老奶奶送我一幅剪纸作品，是一对母女在田间劳作的图案，很精致。我佩服老奶奶，她既会做饭，又会剪纸。她拎着钥匙串领客人看房间时，钥匙相碰发出丁零当啷的响声，像是对她不可抑制的赞美。

我走远了，回头望见老奶奶还在，她朝我摆摆手，我挥着手说："奶奶，我好喜欢你啊！"我不知道她是否听得清楚我的话。但那已不重要，在那一刻，我和老奶奶是心灵相通的。

村子里的孩子饭后跑出来在路上耍，他们的欢笑声让这个清晨显得格外热闹。我想起女人的糖饼、老奶奶的剪纸，心生无限感慨。其实有一种情与情爱无关，又比情爱让人更感温馨。心底有一股暖流溢出来，被温暖着的心柔柔的，似有一颗露珠在闪烁。

# 我与《罗山文苑》

在红寺堡，读文学作品和写文学作品的人，很难不和《罗山文苑》发生点联系。二〇一五年之前，我还只是一个读者，按自己的趣味读着《罗生门》《百年孤独》《霍乱时期的爱情》《一个陌生女人的来信》《静静的顿河》《围城》等名著。二〇一六年，因我所供职的宁夏日报报业集团小龙人幼儿园的两位园长都是宁夏日报社的笔杆子，受他们的影响，我开始小说创作。在此后的半年里，我都在小说创作里摸爬滚打。写到一半时我感到，对于我这种没有接受过任何写作训练的人，一起笔就写小说无疑是一种冒险。写完之后，我打算老老实实地写散文，锤炼一下写作技能，于是，我开始关注每期《罗山文苑》。我想得很简单，要先了解本土作家的作品，多看多学，才能写出好的作品。于是，每期《罗山文苑》到手，我翻来覆去地读，先粗读，再细读。所谓的细读，就是分析和拆解，将故事、人物、语言、结构掰开揉碎，从中揣摩学习。

二〇一七年夏天，对于我来说意义非凡。我的散文《谁为我红衣黑发》发表在《罗山文苑》杂志上，当时的责编是张治乾老师，他充分肯定了这篇文章，并鼓励我好好写。简单的几句话让我的心狂热地跳动，兴奋、失眠，乃至热泪盈眶，眼中充满了亮光。感觉生活和平时不一样了，不一样的阳光、不一样的云朵、不一样的鸟鸣、不一样的沟沟壑壑，当然，还有不一样的自己。

几个月后，这篇散文在全国"追寻仓央嘉措的诗与远方"征文活动中荣获散文类优秀奖，当作为征文活动中年龄最小的获奖作者站在舞台中央发表获奖感言时，我哭了，泣不成声地说："与文学相遇，我像遇见一个心仪的恋人，让我珍惜着他，深爱着他，相伴一生。"后来，宁夏作协副主席李进祥听闻我这样定位文学，大为震惊。他说，喜欢了就坚持，文学养不了家，却养心。

言归正传。我心里更多的是感恩文学，感恩《罗山文苑》，虽然只是一本小刊物，却有大情怀。

从征文活动主办地阿拉善回来后，我心生一个美好愿望：一年之内，要让自己的作品刊登在《朔方》上，没想到，这个愿望居然实现了。二〇一七年《朔方》第十期刊发了我的散文《玉米味的月光》，这篇散文原刊于《罗山文苑》。《罗山文苑》这本小刊物，居然能被《朔方》编辑部老师关注，让我感到意外。后来，这篇散文入选了《吴忠市优秀文学作品集》，《罗山文苑》的传播力度让《玉米味的月光》得到了更多厚爱，从某种程度上讲，我托了《罗山文苑》的福。后来，我的散文、小说陆续刊登在《朔方》《四川文学》《天津文学》《青海湖》《草原》《黄河文学》《延安文学》《六盘山》等报刊上，我认为，也是托了《罗山文苑》的福，没有它的存在，我的文章就不可能出现在这些刊物上。

这几年，因工作原因，我与老百姓天天打交道，一想起他们，就觉兴趣盎然，甚至有一种生命的激扬与亢奋感。因此，我把写作对象锁定在我熟悉的乡村人物，尤其是农村妇女身上。她们都有超乎寻常的忍耐力，以及对美好生活的向往，这种向往是温良的、纯洁的。

文学之路漫长，文学刊物就是一个光明驿站，张开臂膀拥抱着行路的人，让他们获得温暖而珍贵的接纳和照耀。《罗山文苑》就是这样一个驿站，作为一个决定和文学厮守一生的人，我深深感谢它的存在。

# 穿红马甲的女人们

我又回到了红寺堡。

下了车，迎面是凛冽的寒风，周围是广袤的田野，还有苍凉的大罗山。山脚下，是那片熟悉的葡萄基地，以及拥有二十万人口的移民区。所有这些，在我的视线里越来越清晰。此时，红寺堡的天是湛蓝透明的，虽然刮着很冷很硬的风，没有云层遮挡的太阳，赤裸裸地照耀着同样赤裸裸的大罗山。

我回来了。我是因为他们而回来的——生活在红寺堡，并且深爱着这片土地的人们。

现在，我要回到他们的身边。像有一只手揪了我一把，揪得我心里颤颤地疼痛。我知道，我想念那群穿红马甲的女人，尽管她们是那么平凡。这些与大罗山默守相望的穿红马甲的女人，此刻在做些什么呢？挨家挨户电话回访？在小区门口登记外来人员，给他们测量体温？在各个路口顶风冒雪地值守？天气非常冷，农家的酸菜缸都结冰了。这会儿又下起了雪。风雪中的红寺堡，是怎样的寒冷啊，不身在其中是无法体会的。在户外值班登记，有时候连笔芯都能冻住写不成字。然而，她们却奔波在各个小区和村落，红马甲是她们醒目的标识。

她们生活在红寺堡，就要守卫红寺堡。对她们来说，这是神圣的使命，别无选择。

新冠病毒，像隐身的魔鬼悄然袭来，令我们猝不及防。疫情发生以来，我开始关注这群穿红马甲的女人，打算为她们写点儿什么。我无意为她们唱英雄主义赞歌，我只是记录她们默默奉献的点点滴滴。

一

大年初二晌午，我提着行李箱，裹着大棉袄，前往红寺堡。

说实话，我的身体状况不好，重感冒。母亲极力挽留我，端着的热面不小心洒在了她身上。父亲说红寺堡现在不安全，二十万人的移民区，疫情一旦扩散，后果不堪设想。父母心疼我，他们不想我回红寺堡，让我在家安心过年。

红寺堡是我工作和生活的地方，我在那里洒下了青春和汗水，乃至泪水。我要去防疫抗灾的第一线，成为一名志愿者。灾情就是命令，我要和红寺堡的人一起共渡难关。我咬着牙前行，尽管身体很虚弱。

雪花静静地飘。没有风，雪像一朵朵棉花，温柔地落在大地上。不知不觉，大地就铺上了洁白的绒毯。滚泉收费处，有两个穿红马甲的女人，戴着口罩，看不清面目，她们的形象在一群男志愿者中很醒目。她们招手，我们下车，个头高一点儿的女人用体温仪对准我的额头，上面立马出现了数字，温度正常。"姑娘，不敢胡乱跑啊。"她叮嘱我说。

她又盯着司机师傅说："你这车上都是哪里的人？"司机师傅说："车上都是咱们本地人。"司机师傅茫然地问道："我们会不会被传染？"她盯住司机师傅的眼睛，加重了语气："如果你们不听劝阻，不自觉隔离，传染的概率就很大。"司机师傅明显不安起来，脸上也出现了惊慌的神情："不会吧！"她说："怎么不会？千万不能有侥幸心理。"这时，稍微矮一点儿的女人警觉地走过来，对司机师傅说："为了慎重起见，需要对车上的人进行登记，留存必要的信息。"也有人表示质疑，不怎么主动配合。她们便严肃起来，神情庄重的同时，耐心地给予解释。

我很感动，第一个配合她们。然后我走近她们，主动帮助她们发放宣传单。我问："你们在这里，家里人咋办呢？"她们说人命关天的大事，作为志愿者，她们必须出现在第一线。这两个穿红马甲的女人肯定不会想到，她们在无意中给了我莫大的信心和勇气。

在以后的走访中，穿红马甲的女人们不断地让我感动，不断地给我激励，也不断地使我愧疚。有常识的人都知道，空旷的路口几无遮拦，类似风口，因此比其他地方的风要大得多，执勤的人也就更加辛苦。尤其是女性，出现在这样的地方，殊为不易，也不宜。可是，她们是志愿者。女志愿者更温柔，更体贴，更有耐心，更容易和被服务者沟通，往往能够起到事半功倍的作用。

二

天空继续飘着雪花。

171

红海村村口，临时搭建的帐篷，在风雪中时而模糊，时而清晰。为了更好地了解情况，我跟着红海村妇联主任一起去值晚班。妇联主任照例穿着红马甲。从村委会到村口，要走二三十分钟的路。路不算长，可是坑洼不平，前面还有一片坟地。我不由得感到害怕，紧握着妇联主任的手。妇联主任比我大不了几岁，却很干练。我问她："你不害怕吗？"她问我害怕什么？我指了指不远处的坟地。她笑一笑说："不怕，一年四季经过无数次，早就习惯了。"她说怕这突如其来的疫情，看不见，摸不着，比魔鬼还要吓人。疫情刚开始，她真害怕，每天往村口走，头皮阴森森地冷。

帐篷里尽管生着炉子，可是往外一伸头，就感到一股寒气在头顶盘桓。妇联主任怕我冷，给我灌了热水袋，让我焐着。我坐在床上，低着头划拉手机。妇联主任则端坐在门口的椅子上，两眼紧盯着帐篷外面，丝毫不敢懈怠，就怕有人偷偷溜进村里，尤其是外来人员。

我不知道自己是什么时候躺在床上睡着的。第二天早晨七点，我醒来时，妇联主任正给镇领导汇报红海村晚间值班情况。她说昨晚运气好，没有入村的外来人员，有几个本村的老乡，体温正常。说罢，她笑了，甚至略有羞涩，大概是领导表扬了她。然后，她又笑呵呵地表示，一定守好红海村的大门。

迎着晨光，我们等待来接班的人员。我们返回村部。这时，太阳由红变白，缓缓地上升，天地间有了几丝暖意。有暖意的还有妇联主任爽朗的笑声，以及她身上的红马甲。

村里静悄悄的，狗不吠，鸡不鸣。我一边走，一边触景生情，暗自感叹现在的村庄凋敝寂寥。突然，村部的大喇叭响了，广播的正是有关疫情防控的内容。我又暗自感动。

三

晚上八点，我跟着志愿者王姐去社区执勤点值班。

王姐是社区卫生站的护士，老家在甘肃酒泉，来红寺堡十几年了。王姐个子高高的，脸红扑扑的，健康开朗，热情好客。身穿红马甲的王姐忙碌着，我在她旁边看着学着，同时和她聊着天。现在是特殊时期，我是特殊时期当的志愿者，临阵磨枪，没有经验，更没有什么见识。

王姐得空刚坐下来，门口忽然传来一阵嘈杂。王姐职业性地跳起来冲出帐篷，很快就没有了人影。我也跟了出去，看见几个人进了小区。过了一会儿，王姐跑过来对我说，现在急需一次性口罩，原来准备的口罩用完了。刚进去的那几个人是一家子，体温都正常，但是那个年龄大些的好像有点咳嗽。王姐临时到旁边的药店买口罩，说是没有了。看得出王姐很着急，额头都出汗了。王姐说这事儿等不得，她得赶紧去卫生站，卫生站有备用的口罩。我要跟王姐一起去，她同意了。王姐给门卫安顿好，我俩拿着手电筒就往外跑。

天很黑。没有月亮。几颗星子在高远处寥落地闪烁。

我和王姐互相拉扯着，深一脚浅一脚地跑。路上，王姐告诉我，刚才那一家人是从固原回来的。固原已经发现了新冠病毒疑似感染者。我安慰王姐说，疑似并不是确诊，估计他们和疑似者没有接触过。王姐说千万不可掉以轻心，如果真的出了问题，我们就是罪人。

王姐这样一说，我就不敢再说什么了。

回到小区执勤点，我们都出了一身汗，被风一吹，冷得发抖。

好在这期间没有人进小区。王姐还惦记着那家有点咳嗽的老人，打电话了解情况。细心的王姐还加了他的微信。视频发过去，接视频的正是那个老人，回复说没有什么特殊情况，已经吃过药了。王姐还不放心，嘱咐说有什么特殊情况，一定要打电话。

这时，来了一辆出租车，司机师傅是一个四十多岁的中年男人。王姐觉得他有点面熟，就问他刚才是不是来过这里。司机师傅努努嘴说来过。王姐问他送的是不是从固原来的一家人。司机师傅说是的。司机师傅疑惑地看着我们说有什么问题吗？王姐要求他量一下体温。司机师傅说什么意思？王姐说他刚才送的那一家子，其中一个人有轻微的咳嗽。司机师傅一听，立马紧张起来。司机师傅老老实实地让王姐量了体温。体温正常。王姐还是耐心地给他讲解了注意事项，说一旦有什么异常情况，必须第一时间去指定医院就诊，马虎不得。司机师傅连连点头称是。司机师傅开车离去的时候，特意打了一声喇叭，表示感谢。

王姐疲惫的脸上，露出一丝欣慰的笑容。

回到执勤的帐篷，已经凌晨四点多了。我困得不行，接连打哈欠，眼泪也出来了。王姐笑说，看来作家并不好当，深入生活，也得付出代价。王姐让我去睡，她继续盯着。我说我们轮流值守，王姐说不行，值守是她的职责，别人是不能代替的。我明白，她这是不放心我。万一有个三长两短，怎么交代啊。

我躺在床上，怀里暖着王姐给我的热水袋，很快进入梦乡。

一觉醒来，早晨八点多了。外面又是一阵嘈杂。只见王姐身穿红马甲，精神抖擞地值守在岗位上，又开始了一天的工作。

我接过登记册，翻看着：姓名、性别、年龄、籍贯、身份证号、工作单位、家庭住址、联系电话、外出情况、接触人群，身体症状……它们像一串串跳动的音符，演奏着联系千家万户健康和谐的祝福曲。

# 四

靳英是创业社区党支部副书记。

这些日子，疫情来势汹汹，社区的共产党员，尤其是党员、领导带头执勤。有些店铺老板深受感动，送来瓶装水、水果、面包以表心意。靳英很严肃地说："你们在家好好待着，就是对我们工作的最大支持。"她边说着这样的话，边穿上红马甲，去重点户查看有没有新的情况。

我跟着靳英书记，走家串户。

这家人，两口子都有残疾。男人腿脚不利索，行动不便，从老家娶来个女人，有智力障碍，生活非常困难。他们在社区门口开了个小卖铺。男人挂着拐，收拾柜台。靳英笑着说："看起来生意不错。"男人幽默地说："我正准备关呢，领导就找上门来了。"坐在旁边的女人抓耳挠腮，流着口水傻笑。靳英递给他们口罩说："一定要注意，尽量不出门，在家待着。"之后，靳英嘱咐随行的工作人员，对这家人必须给予特殊照顾，每天都要观察。不能因为他们行动不方便，就掉以轻心。

小区里，家家门户紧闭。楼道里贴着疫病防控通知和宣传画。

靳英说："即便是这样，还有人不管不顾，来回走动，防范意识很差。要首先从党员做起，领导带头，给群众作表率，发挥示范作用；尤其是督促检查，一刻不能放松。"看得出，她的情绪有点激动。之所以这样，是因为压力太大。压力大，难免焦虑。看着靳英劳顿的样子，我在暗暗祈祷，隐隐地还有一丝担忧。

创业社区处于中心地带。我们在社区转了一圈，沿着一条路走下去。几个物业管理人员背着喷雾器给小区消毒。水滴落到墙面上，立马结冰，墙面斑驳得像一面破碎的镜子，余晖折射在上面，光怪陆离。经过一天的检查，没有发现什么危险情况。靳英难得地笑了，说是防疫落到实处，心里才能够踏实。我知道，踏实这两个字，此时此刻，重若万斤。

天上没有明月。值勤点的灯光彻夜地亮着。人在梦乡。小区很安静。

火炉上烤着半个红薯，红薯的香味朴素诱人，感觉很接地气。

## 五

这些日子，社区为疫情防控的事情忙得昏天黑地。

靳英安顿好我，去和志愿者们碰头。她说每天都这样，人人汇报当天的检查情况，情况复杂得很。既然复杂，就得认真分析，理出头绪来。眉毛胡子一把抓，是要出问题的。靳英说这话时，皱着眉头。还是那句话，压力太大。人命关天嘛。

过了中午十一点，靳英开完碰头会，回来了。

帐篷里太冷，我裹着一条被子。我和靳英像姐妹俩一样挤在一起，聊了很久。聊来聊去，还是绕不过去这次疫情。

从大年初一开始，靳英没有回过家。她穿着红马甲走街串巷、走家串户，几乎马不停蹄。红寺堡是移民区，人多事杂。就目前而言，在家自我隔离，应该是最好的办法。

靳英说前阵子他们忙"创城"，集中力量宣传相关政策，每家每户她都去过，情况都了解，和居民们的关系得以更加巩固。现在面对疫情，群众对靳英的工作还是很支持的。这就是她走街串巷、走家串户打下的底子，什么时候都管用。群众是衣食父母，群众是基础。基础不牢，地动山摇。

守望相助，基层牢固。这句话，应该是靳英自己总结的吧。

靳英的脸上，终于有了欣慰的表情。


# 六


在另一个新建的社区，我见到了小李。

我采访她，其一，因为她是一名大二的学生；其二，小李是红寺堡区第一个报名参加志愿者的在校大学生。我问她哪来这样的勇气？她说自己现在就是学生会副主席，连这点觉悟都没有，那怎么行！意思是我太小看她了。我笑了，表示歉意，小李这才接受我的采访。

根据小李的讲述，我在梳理文字的过程中，稍稍"诗意"了一下：

177

前些日子，小李在电脑上浏览有关疫情的各种报道。夜晚，家里昏暗发黄的灯影下面，是一家人疲惫而知足的睡相。姐姐依偎着妈妈，睡得跟一只猫似的。父亲仰面朝天，张着嘴巴，鼾声如雷。他们各自做着美梦，睡得那么香甜。小李却睁大眼睛，睡意全无。此时此刻，似乎举世皆睡，唯独她醒着，她在思考。

小李眼前放着一份《致广大居民的一封信》：疫情防控之际，面向社会招募志愿者……

接着，网络上的一张照片，又吸引了小李。照片上，是一群勇敢无畏的"九〇后"女孩，白衣天使。为了工作时减少感染的概率，不让头发暴露给病毒，她们剪了头发。那是比小李大不了多少岁的一群姑娘啊。她们留了好多年的长发。她们从来没有剪过短发。她们摸着自己的头发很心疼。没事，剪了还能长！她们毅然决然地坐到了理发的凳子上。当一缕缕青丝被剪下，她们是坦然的、自豪的。小李长长出了一口气，叹息着说，除了与疫情和病毒战斗，估计这辈子她们不会剪那么短的头发。

小李被感动了。她这个年龄的女孩子，是很容易被感动的。

第二天，小李宣布要去参加志愿者活动。母亲听到女儿的这个决定，不由得愣怔了，"去当志愿者？你细胳膊瘦腿的，哪来的抵抗力？不要跟着龙王爷喊雨了。"这时阳光从窗帘的缝隙钻进来，正好洒在小李的脸上，把她的脸映得粉白。小李瞧着正在沙发上抽烟的父亲说："我决定了，我要参与这场疫情阻击战，你们谁也不要拦我。"父亲想了想，终于点头同意了。母亲无奈，给小李穿上新买的毛衣，让女儿抵御风雪和严寒。小李给了母亲一个大大的拥抱。

于是，小李穿着红马甲，出现在她执勤的小区门口。像一丝新鲜的空气，像一缕明亮的阳光。

我说当志愿者很辛苦，可能通宵都要值班。小李说她有思想准备。

"您好，给您量量体温吧。"我们正说着话，一个大爷走过来，要进入小区，小李立刻迎上前去，给大爷量了体温。正常。放行。这位大爷蛮有意思的，盯着小李看了好一阵子，却什么话也没说，然后离去。我奇怪地问小李："大爷是什么意思？"小李说："有可能是太陌生了，他老人家反倒对我不放心吧。"小李这样一说，我们都笑了。如此这般，小李已经坚持了好几个小时了。

小李的母亲发来信息，让她千万小心。小李当班的时候，因为厕所离得远，她不敢多喝水。我说这样可不行，时间长了，会得病的。小李说她年轻，能坚持，没关系的。我还是替小李担心。这时，替换小李的红马甲来了。小李可以休息一阵子了。

小李说她每次值完勤回家，家里人都如临大敌。家里因此专门腾出一间屋子，她的衣服要从头到脚、从里到外更换，还要洗澡。彻底洗漱干净了，她才能吃饭睡觉，过正常人的生活。更换下来的衣服，被装在塑料袋里，在外面存放一夜，才能放进洗衣机里洗。家里人这样要求，近乎苛刻。人人自危，新冠病毒这个看不见的魔鬼，把人们的生活搞乱了。

我说家里人这样做，应该的，可以理解。

小李两手一摊，调皮地说了一句："这可是我没有想到的呀。理解万岁！"

告别了小李，我向别的执勤点走去……

# 七

天上没有明月，值勤点的灯光彻夜亮着。人在梦乡，小区很安静。

火炉上烤着半个红薯，香气诱人。马小芹和志愿者们碰头，梳理当天的值班情况。她说每天都这样，人人都讲当天的情况。还是比较复杂，得认真分析，理出头绪。马小芹说这话时皱着眉头。还是那句话，不能掉以轻心。

桌子上放着标有"每日总结"字样的记录本。我随手翻阅，其中有一段话，是这样说的："作为宣传部的一员，参与这场无硝烟的战斗，我很荣幸。在这些天里，我深切地感受到了全民战'疫'的决心和勇气。相信一定能够战胜疫情，走向阳光灿烂的明天。"

这些话，很令人振奋。说的人，心热；听的人，有劲。

桌子上的一本书里，夹着马小芹儿子的一张照片和一张纸条。纸条上歪歪扭扭地写着几句话，我读了一遍，意思是儿子很想念，也很体谅他整日忙碌的妈妈。她的儿子在红寺堡一所小学读一年级，这段时间独自在家上"空中课堂"。我见过的，很机灵，很可爱。她在执勤时一定很想独自在家的儿子。

雪花静静地飘。没有风，一朵朵像棉花温柔地洒落在大地上，不知不觉大地就铺上洁白的绒毯。我裹着大棉袄前往人民医院，在医保办见到了顾莉娟。这时太阳花子从窗帘的缝隙钻进来，正好洒在顾丽娟的脸上，把她的脸映得惨白惨白的。她低着头瞧着办公桌上爷爷的遗照，强忍着悲痛说："等疫情结束后，我要在爷爷坟头痛痛快快哭一场。"

青铜峡市开展大范围核酸检测，红寺堡区派遣九十名医护人员驰援。顾丽娟的爷爷病重住院，但她还是主动请缨，申请在疫情防控第一线战斗。当日一大早，她收到爷爷去世的信息，一边是爷爷离世的巨大悲痛，一边是严峻的疫情形势，在责任面前，她选择将悲痛埋在心底。讲到此，顾丽娟双眼泛起泪花。

我想到了迎春花，它不惧寒风吹霜雪打，率先把春天来到的消息报告给人们，当春意盎然、百花盛开的时候，又悄悄离去。走在寒夜的街道上，一阵风吹来，有一股淡淡的清香扑鼻。

## 八

这段时间的静态管理中，我听到了不少叹息声，也看到了一些忧虑的眼神，那都是红寺堡人抗击疫情中的小音符。令人欣喜的是，那攻坚克难的号角、坚定前行的步伐、激昂的斗志，奏响了嘹亮的抗疫战歌。

我又想起了杨晓燕坚毅的眼神。

初春的红寺堡，草木葱茏，桃杏争艳，喇叭声在空中盘旋。"曾经有一份免费的核酸摆在你的面前，你不珍惜，等到时间过去你一定追悔莫及。别犹豫啦，戴上口罩，拿上手机……"在居民小区，我看见一个穿着红马甲、拿着大喇叭广播的志愿者，她就是红寺堡区工会干部杨晓燕。

平日里，和群众聊家常、走家串巷是杨晓燕的必修课。新一轮疫情袭来，作为一名基层干部，深知疫情防控最关键就是要做好"人"的工作，凭借对辖区人熟地熟的优势，杨晓燕练就了轻松愉快和群众打交道的本领。

我问杨晓燕："怎么想起用这种诙谐的方式喊居民做核酸？"杨晓燕说："在全民抗疫的特殊时期，我责无旁贷，义不容辞。用这种喊法更接地气，居民们接受得更快。"杨晓燕很忙，与她聊天只能见缝插针。

这段时间，杨晓燕每天早上五点佩戴好口罩，拿着大喇叭就出发了。配合街道社区工作人员到居民小区开展防疫宣传，叮嘱小区门口志愿者核实人员身份、进出登记，以及测量体温等。聊天时，她手中的大喇叭又传出那熟悉亲切的声音，"春眠不觉晓，大家早上好。人间最美四月天，高高兴兴做核酸……"偶尔也会有群众不理解政策，心情烦闷、情绪不好，她总是耐心和大家解释沟通。

跟杨晓燕交谈时，她的目光始终是坚毅的，脸上一直洋溢着笑容。事后我才知道，这个刚强的女子并没有把她内心深处的一些故事讲给我听，甚至只字未提。她也是两个孩子的母亲。

"不做核酸，寸步难行，做了核酸，全民心安。让我们红尘做伴，活得潇潇洒洒。"辖区群众张大爷站在阳台上笑着说："马上就做。"看着眼前这个幽默的"红马甲"，再眺望茫茫苍穹，我内心肃然起敬。

此时已是子夜时分，希望明天早晨太阳升起，新的一天带来新的好消息。

# 亲近自然

我背着包，走在前往罗山的路上。这种外出，虽然短暂而仓促，可我时常有一种逃跑与自我放逐的快感，在一个地方待得久了，总有一种被捆束的焦躁。

初秋的阳光淋漓地照耀，天气没有一点点凉意，热浪扑过来，连风都变得热乎乎的。路边的马莲、月季、芨芨草，尤其是苜蓿等植物尚还青春。

不远处的罗山在广袤的平原上兀立，沐浴着阳光和月色。白天的时候它是热烈的，夜晚的时候它是冷峻的，只有在阴雨连绵之时，才呈现出一种难得的柔情。我想到了朱元璋十六子朱栴的忧伤。在政治上受到重压，庆王在小心谨慎之余，将更多的时间放在了诗书之间。他曾无数次在罗山脚下骑马打猎，在罗山深处和文人墨客吟诗作对，写了许多传世文章。远处的朋友听我这样说，惊讶地问我是不是研究学习过明代历史和这片地域的历史。我尴尬地笑了笑，沉默片刻后说，很多人对自己所在的地域的历史文化是熟视无睹的，这种近者无知或者熟者无意的忽略是常见的。我自己也是，在罗山下生活了十几年，对她的了解也仅限于此。若不是文学的缘由，肯定对这处山峰秀美、水流深涧的自然存在置若罔闻。

罗山脚下的一片荒漠地带，被当地人称为火龙沟，曾经是耕作的好地方。早些年，雨水多，荒漠的低洼处有茂密的草滩，夏秋之际，草儿青、草儿黄，有花香、有鸟语，真的是莺歌燕舞！山里人在草滩上转一圈，就能轻轻松松逮只野鸡，如果幸运，还能逮一两只野兔。野兔是一种十分警觉的动物，在它短暂的一生中，奔跑占去了大部分时间。据说野兔野味十足，肉质香嫩无比，它不仅是狼追逐捕获的对象，更是山里人用来改善生活的山珍。因此野兔的命运可想而知，它的身边永远潜伏着致命的敌人，于是野兔越来越少了。狼呢，自然也就销声匿迹了。后来干旱少雨成了这里的常态，罗山脚下的草也稀疏得可怜，被烈日晒得卷起了纤细的叶瓣，虫子一样的根须露在外面，用不了几天它就枯死了。这样一来，山脚下便笼罩着一层令人窒息的惆怅。

终于，山里人开始退却了。

他们赶着自己所剩不多的羊群，带着家眷，搬迁到有水的地方开始新生活。还有许多人背井离乡，弃牧从农，到移民新区开荒种地，握惯羊鞭子的手抡起了粗笨的锄头。据说，有的人抡起锄头无奈地看着"天上无飞鸟，地下砂石跑"的新地方，泪流满面，感到一种揪心的痛苦。虽然都是面朝黄土背朝天，但是生存环境的改变使他们失去了那种莺歌燕舞般的自在。

多年后的某一天，我来了。

路很窄，沿着缓缓向上的山坡不断爬行，骄横了一天的太阳像一只烧得通红的瓷盘，摆在西边的一道山梁上，我们走出了荒滩进了大罗山。山脚下草滩被涂抹得流金淌银，不远处的羊群变作一堆滚动的金蛋蛋。山路开始变得陡峭，时而往左，时而往右，时而沉入低谷，时而攀上峭壁。奇形怪状的石壁扑面而来，又缓缓向后隐退。不知道是谁的脚尖碰了一块石头，山谷里立刻回荡起一阵清脆的回音。

缕缕山风，吹得草在石缝里抖动着，不断发出簌簌的声响。峭壁上的野花开得正艳，我走在最后面，任风吹着自己。感觉脚下的山路逐渐向下而去，有谁在背后推着似的，让我们的步伐不由加快起来。这里处处透着神奇，有很多沉睡神秘的东西，甚至诗意的东西，它们不应该被惊扰。

一只野兔静卧在石头旁的草丛中。一块奇形怪状的石头，是风擦出的样子，也或许是水磨成那样的，看着它能想到风声和水声。石头正对着一条小径，我从小径走进草丛时，野兔已经跑到石头后面，我蹑手蹑脚地走至离它三四米远的地方，才看清了它。野兔的眼睛比我的眼睛要小，但一定比我的亮，它在地上不停地奔跑，需要一双明亮的眼睛。再说还有风和草丛会把它的眼睛擦亮。而我只是在地上，一直在仰望，或者假装沉思，仰望和沉思都会使人的眼睛浑浊。

这是只毛色灰黑相间的野兔，它的肚腹和后胯是灰色的，两只黑色的耳朵在阳光下闪闪发亮。这只野兔正在觅食，按理说听见声音后，开始奔跑才对。预感不妙的第一选择是奔跑，这是绝大多数动物的本能。这只野兔却表现得极其冷静，它好像有预谋地在等我，不然它不会躲在石头后面，静静地观察着我的一举一动。也许它知道，吃饱饭的人容易想些啥，家、孩子、钱口袋，或者就是一朵花、一只兔子。它等在哪里就是要看看我的思想一旦溢出身体，身体就会显得虚肿、庞大。

对它来说，我的确是庞大的，庞大得有些可笑，像我们在看着大象、看着巨人的感觉，在确信不受到伤害的情况下总感觉是那样可笑。它明白我不会伤害它，不能伤害它，就稳稳地卧在石头后面观察我，用一只眼睛看了，不够，又用另一只眼睛看着我，它的两只眼睛表面上很像，其实一定是不一样的，它用两只眼睛都看过了，努努嘴，继续盯着我。

我有些紧张，心里怦怦跳，不是因为它努嘴，是怕惊扰了它，怕它奔跑。我其实是庸人自扰，它并没有怕我。我自小是在山里长大的，对野兔这个生命物种还是有些了解的。野兔是山林里的精灵，它警惕性极高，对生存环境非常挑剔。它们往往来无踪去无影，很难捕捉得到。也有人试图圈养它们，却都以失败而告终。尤其重要的是，就森林生态环境而言，野兔还是一种标志性的物种。野兔出现与否，以及它们种群数量的多寡，标志着生态环境的好坏。看来罗山近几年的生态修复和保护效果是很好的，尤其是野兔见了人竟然可以和人类互相对视，这在以前是从来没有的。随行的工作人员说，现在的野兔大多都不怕人。它的心跳很平稳，我确信听到了它的心跳，也许是我的心跳，我的心跳我能听到，它也应该能听到。虽然没看清它的耳朵，但它听到的声音一定要比我们丰富得多，它甚至能听到花开的声音、小草撑破地皮的声音。我们的耳朵里尽是人声、车声、汽笛的声音，还有我们的眼光，被乱糟糟的东西污浊了，什么都认不清，甚至不认识一棵树、一朵花、一只兔。

蓦然间，我觉得兔子的一双眼睛其实就是一面镜子，折射了太多太多的内容……

# 一起走过的日子

一

四月下旬，我被抽调到红寺堡区委员会巡察办。那一天，应该是黄昏，街道办事处拥挤的办公室里，我照例忙于电脑和一堆材料之间。刘学军主任进来说："巡察办要在我们单位抽调一名干部参与巡察工作，巡察办主任点名要你去，你啥意见？"新民街道办事处刚刚成立，人员紧张，就连办公场所还是借用创业社区的三间平房，抽调一名干部确实困难，但点名要我，好像有些夸大其词了。至于巡察，完全是两眼一抹黑，我啥都不会，去干啥？刘主任给我吃定心丸似的说："各种常规检查嘛，谁也不是天生就会的，还没去呢，就打退堂鼓了。"他嘿嘿一笑，这一笑，本来不大的眼睛就眯成了两道弯月形的缝，向上翘着，露出有些宽的门牙。临走时，他又说："你去了好好学习，手头的工作交接给其他人，有一样，乡土文化艺术团的事情你走到哪里带到哪里。"看刘主任郑重其事的样子，我真是惭愧得很，我能巡察个啥呀？那天晚上，我在家里辗转难眠，脑海里反复出现的都是《人民的名义》中陆亦可和侯亮平式人物的画面，好像排好队似的，在我眼前不断闪现。

# 二

怎么说呢？我和黑晓娟的相识始于区委员会巡察办。进巡察工作领导小组那天，我在黯黑的楼道里和黑晓娟相遇。她浓眉大眼、皮肤白皙、身材瘦高，那军绿色的风衣将她本就不错的身材装扮得玲珑有致，将她满脸笑容衬托得更加明媚。她用带着同心口音的普通话与我打招呼，和我说了她来这儿的情况。她说她在太阳山镇工作，平时和一沓沓账本支票打交道，除了看账务，其他的不会，这次能参加巡察主要是因为之前选定巡察的同志家不在镇上，她是来顶替的。我抬起头来看着黑晓娟说："我也是来学习的。"

因为同在一个组，她看账本，我看常规资料，查找问题间隙还开几句不疼不痒的玩笑，也就熟悉了。黑晓娟是那种不见其人先闻其声的人，想法和观念都比较接地气，满脑子的光阴经。譬如，每个月的工资用于家里的车款、娃娃的各种花销、公公婆婆的衣服购置，至于她自己就很少提到。日子是什么呢？就是你对别人好。她说这句话时，让我感觉这种好就是她先给别人喝一碗中药再吃一颗糖。以黑晓娟的年龄，有这样的感悟是我自愧不如的。据我所知，她的丈夫是个退伍军人，没有固定收入，她是事业编，两个人的收入呈女强男弱趋势，她倒一副无所谓的样子，甚至是满心欢喜，信心十足地蹦来蹦去。以我对黑晓娟的观察和了解，她是那种有口无心的女性，这样的女性反倒有一些可爱之处，一旦得空清闲下来，和这样的女性说说话、聊聊天是一种很好的放松心情的方式。她说婆婆的锁骨摔坏了，她除照顾婆婆外还要操心一家人的吃喝。她冒着秋雨在院子里种油菜，丈夫不给她帮忙，躲在屋里打游戏。我问她为啥不喊出来帮忙，她眨巴着眼，看着窗外的菊花说："各有各的空间嘛！"这个道理人人都懂，但未必人人做得好。

有一天早晨，我身体不适，恶心感一阵重过一阵，有一种肠子被扭断了的感觉。此前我在家里洗了澡，又吃了点玉米面馍馍，还迎了风受了寒，我生病十有八九和受凉有关。我说我晕得厉害，说的时候额上的汗珠就已经冒了出来，把巡察组的其他同志吓得不轻。黑晓娟摸一摸我的额头，然后看一看我的脸色，问："你是不是感冒？"我说："好像有些。早晨洗了澡，头发还没干呢。"黑晓娟忍不住怪叫一声："洗澡，头发没干？"我眯着眼睛默认。黑晓娟瞪大眼睛定定地看了我几秒后说："我去给你买藿香正气水，很管用。"说完便拿着我的电动车钥匙跑下楼去。黑晓娟走了，把一阵阵钻心的疼痛也带走了，我感觉没有那么难受了，喝了一杯水，在椅子上挺直身子，发了一阵呆。李荣国书记不住在办公室里徘徊，他走过来叹道："要不送你去医院？"我摆了摆手，口齿不清地说我不去。李书记说："那怎么行，看你这样子严重了。"李书记正犹豫着要说什么，这时黑晓娟买药回来了，我服了药，额上又沁出一层细汗，两眼定定地望着前方，良久，才轻轻说道："我的娃放学了，还没有人接。"黑晓娟说："我给我老公打电话让他来接咱们，再去接娃娃，你这样子我们不放心啊。"说着她便扶着我下楼，反复地掐着我的虎口，李书记和其他同志跟在身后，直到我和黑晓娟坐上车。车子缓缓开动了，李书记还孤零零地站在秋风里。我眼睛湿润了。

# 三

　　知道李荣国书记的名字是在二〇二〇年的仲夏。他给我的第一印象至今未改变，永远固定在我的脑海里了。巡察组进驻综合执法局召开启动大会，地点设在党员活动室。一扇红门，几排老房子，房前有花坛，走进大门，隔老远就能看到那里躬身办公的人。我在走廊里看见一个瘦瘦高高、儒雅斯文的中年人，他话语不多，更多的时候沉稳思索，像一个大学教授、一个学者。我问一起的同事，此人是谁？同事诧异道，李荣国书记啊，你不认识？我笑着说，不认识。我们过去打了招呼，从他简短的话语中不难看出他的博识与才情。进组后，才知道李书记曾经也是一名军人。

　　还记得在巡察退役军人事务局时，我们跟着他下村延伸的情景。他大步走在前面，好像在找到名单上的退役军人之前，他会一直是这样一个走法。我们走进洪沟滩村委会东边的一四七号老赵家时，院子和村里其他人家一样，不大，但收拾得井井有条。院外的矮墙下种了几株草，好像是波斯菊和七叶花。不大的果园子里，有好几种果树，树上缀满了黄灿灿的果子，果树下种了几垄白菜。不巧的是老赵不在家。李书记是个很亲和的人，他很诚恳地问老赵的妻子："家里有啥困难，退役军人的各种优抚都能领上吗？你们有什么困难你放心说，我回去给你们领导说。"老赵的妻子摸了两把衣襟笑着说："家里都好着呢，谢谢组织上惦记。"李书记坐在炕头，看着墙上一个文物般的相框，相框里有一个穿着军装的人，便问老赵是在哪里当兵，老赵的妻子说是在西藏军区。我没有想到在这样的地方还能看到深久的往事，看到军装上的几枚勋章，我的心一下凝重了。李书记走到照片跟前，痴痴地望着，很安静，眼神是那样的专注，令人不忍心打扰他。

从洪沟滩出来，天空下起了小雨，路不仅陡，还滑，我们跟着区委巡察办的车在雨中缓缓前行。从车窗望出去，道路两旁的柳树、菊花在风雨中摇曳，一绿一黄占据我全部视线和心思，我顾不上眨眼，赶紧掏出手机拍照。遗憾的是拍了几张都不理想，远不如我眼睛看到的美丽，只好作罢，任心思轻轻漾动。忽然间我就说："是树动，还是风在动。"黑晓娟拍了一下我的肩说："胡美女，树没动，是风在动。"我问一旁闭目沉思的李书记到底是谁在动，李书记用手指扶了扶鼻梁上的眼镜框说："树没动，风没动，是你的心在动。"的确是我的心在动。三十多公里的路，一点儿也不觉得累，也许是一路的笑声、一路的风景，还有一路的回忆。回到退役军人事务局已经是下午三点了。天色灰暗，大厅的电子屏持续播放着退役军人纪录片。我们都是初次接触军人这个群体，大家都很激动，一时无法工作，便在昏暗的灯光下神聊起来。从二〇一八年退役军人事务部正式挂牌成立到军人保卫祖国严守边关，海阔天空无所不谈，很多事情已经忘记了，而那天李书记讲的关于军人的故事却深深印在我脑海中。

李书记吝于开口，但一旦谈到他思考的事，话就有些止不住了。他说："有一年六个军人在路上遇到了雪灾。当时他们探亲返回连队，车到路口时忽然下起了大雪，大得不得了，完全看不清路。那种阵势，不是我们能想象的。其实当时才十月，我们这里才是金秋。他们坐的车不能再走了，就下车步行。他们不想超假，觉得二十里路花半天就能走到。可是低估了风雪，当然若没有风雪肯定是没有问题的，更远的路都是没有问题的。"我在旁边静静地听着。

"或者他们估计到了风雪，但想以青春和热血与之抗衡。开始走，或者叫跋涉，越走越艰难，深一脚浅一脚，每一步都需要用尽全身的力气，在茫茫雪原上，他们越来越渺小，越来越脆弱，体内的热量渐渐耗尽，寒冷更加猖獗地向他们进攻，更加猖獗地包围、吞噬，最后他们终于倒下了，那六个娃娃和你们年龄差不多大啊！"在李书记的讲述中，我想起了二〇一六年冬天我到宁夏军区的事情。我同学的家属在宁夏军区，具体什么职位我已忘记了，当时同学生娃，我前去看望。我站在哨所旁的邮亭边上，等同学的家属派车接我进去。经过军事禁区的警戒哨时，我被拦下了，哨兵说军事禁地，不能擅入。我向哨兵好言求情，哨兵不语。这时来了一辆吉普车，跳下了一个军官，他刚从哨所检查工作回来，听了我的情况，便跟哨兵说，让她在附近看看吧。然后嘱咐我绝对不能拍照，我连连点头应诺。

天忽地又阴了。阳光来过又走了，好像急着把天空让给雪花。雪花细细的，冷到极致。我看见周围站了很多士兵，在警戒。站岗的兵穿得单薄，脸和手冻得通红，我问两个站在边上的士兵冷不？他们一起说，不冷。他们俩看起来也就十八九岁，比我还小，我不禁感慨。

李书记缓了一口气说："把退役军人安排好点，安抚人心，顶雄师百万。这是一种传承，传承一种民族精神。"那天，我躺在椅子上，对他的话又想了很久。我曾问他为什么不把这些军营故事写成文章？他腼腆地笑了笑，没有回答。我也不便再深究。那几天，退役军人给我留下极深的印象。那几天，与李书记一同巡察也让我牢牢记在心中。

于公文，我向来是敬畏有加。问题底稿、巡察报告不好，推倒重来，好在李书记有着极好的耐力和耐心，见怪不怪，这一点于我们巡察组是很要紧的。他说一份好的巡察报告要经过多个步骤。他斟酌着语句的分量说："第一步，反反复复阅读原稿，首先要把问题找出来，这是关键的关键。"接着他说，"第二步是动笔提炼文字，也就是逐字逐句，不需要感情色彩，说清楚讲明白即可。""您是怎么保持记忆力的，怎么能记住这么多理论常识？"我问道。他说："反复看，离不开各种工具书和参考书。"他思忖着，然后一字一句地说："你试想组织生活会，有那么多的流程，体现全面从严治党，加强党员教育管理和监督，牵扯到形形色色的人。作为巡察人员，就必须了解党建常识。特别是组织生活会的内容、程序、形式。""我们哪有那么多的知识？"我问道。李书记笑了一下说："所以要及时学习，及时充电啊，你自己都不清楚，怎么给人家定性？"他说问题底稿提炼扎实，巡察报告就往上套。说到这里他狡黠地笑了笑："当然，你们不要有压力，你们先提炼问题，我们再审，再凝练，好的报告是改出来的。"那晚，我躺在床上想着他说的话翻来覆去回味，我想，巡察人员，为了出色地完成巡察任务，需要付出多大的努力啊！

# 四

赵志强五十多岁，是区委员会巡察办主任，巡察办成立后他就像农民操心着粮食一样操心着巡察办这块"农田"，也是在赵主任的支持下我们顺利完成了巡察工作。"这次巡察时间紧任务重，如果追求面面俱到，很有可能眉毛胡子一把抓，所以要有侧重，尽快找到突破口。"赵主任是个精干而幽默的人，他在启动会上强调。

会后三个组长边走边说工作，还有几个乡镇没有去，得分散开，明天起分两组，离村部远的乘车，近的步行。第二天，大家去了退役军人事务局帮扶的村——新庄集乡。那一带毛晓东熟悉，他以前就在新庄集乡工作，大伙兴奋地在院子里看着墙面的变化，他在一旁笑眯眯地给大家讲解。来回几十里路，路边是大片的苹果树。那天阳光明媚，满地歇着果树的影子。毛晓东说新庄集乡的苹果在红寺堡还是很有名的。空气清冽，在阳光的照射下，草尖亮起一层细碎的露珠。毛晓东叫来了洪沟滩村支部书记，确定了走访对象。去的这家在村子的西头，走进院子，马兴叶的老伴正坐在墙根缝补一条裤子，衣服上落着草屑。她看见我们，停下手中的针线活站了起来，马兴叶老人蹴在墙根半眯着眼睛晒暖暖。"大爷大娘好！我们是区委巡察组的，特地来看看你们。"毛晓东跟两位老人打招呼。"啥察？"大娘指了指耳朵说，"我耳朵不好，你们声音大点。"毛晓东朝大娘走近了些说道："大娘，我们是区委巡察组的，来看你们过得好不好。""区委的？快坐快坐。"一听区上来的，大娘的眼神顿时多了些光彩。孙女马圆圆肢体残疾，在热炕上坐着。毛晓东摸了摸她棍一样细的腿,她抓耳挠腮地说:"有毛毛虫,有毛毛虫——"毛晓东的眼睛红了,表情凝重,不说什么。马兴叶老人在交谈中,眼中闪着泪花,儿子服刑,儿媳妇改嫁,孙女又是肢体残疾、智力障碍,老两口靠养老金和退役军人生活补贴过活,年龄大了,照顾孙女越来越困难,老人长叹了一口气,眼圈红红地看着毛晓东。听了老人的话,毛晓东心里一惊,想不到老人活得如此吃重,心里乱糟糟的。再看看炕上趴着的残疾孩子,看着老人,他忽然有种想流泪的感觉。毛晓东说:"大爷、大娘,这样,我把你家里的情况向退役军人事务局反映,给孩子争取一辆轮椅,这样你们也方便照顾。"马兴叶老人眼睛红红地抽泣着,说不出一句话。

## 五

从巡察办出来,前往污水处理厂。起得早,刚在座位上打了个盹,中巴猛一颠簸,我醒来了,就听杨国慧说到了。一下车,就是晃得睁不开眼的阳光。几朵洁白得无以复加的云团停在天边,形态奇异。我们一路走一路大谈环保。没完没了地争执,而且讲的全是水质问题。以杨国慧为主,田兴福做场外指导,争论十分激烈,又高深莫测,听得我头晕。到了门口,一个深肤色、高鼻梁、穿着一身蓝色工作服的年轻人站在我们面前,我的手被有力地握住,"欢迎来污水处理厂视察指导,有什么不懂的问我就好。"一路上,他给我们介绍了一些基本情况,他说,污水处理厂所处理的污水,主要是居民生活污水、工业废水和雨水。经过多道工序科学处理，使那些黢黑发臭的污水，变成了无色、无异味、无害的水体，水质达到国家规定的一级排放标准，能够灌溉农田、养鱼和满足畜禽饮用。他说这话时声音沉沉的，让我感觉到了他肩上的责任。他带我们到其他几个过滤池参观，一片浓荫里的污水处理站比我想象的要小巧玲珑。实际上，它的集水池、耗氧曝气池和沉滤池都是很大、很壮观的。站里的工程师匆匆赶来给我们介绍了污水处理流程。在化验检测室，我发现杨国慧在仔细翻看水质监测记录，并不时向技术员提出质询，其态度之严肃让我吃惊。她说，巡察组对污水处理厂进行延伸巡察，绝对不允许未达排放标准的水流入库区。他笑着说："这一点领导放心，我们承担着红寺堡环保的重任，一定要高标准要求自己，第一道工序就是收集污水，流入这个池子中的污水，全部来自居民小区及生产企业。"在进水池旁我们看到池中不停有黑臭的污水流入，自动打捞装置从污水中打捞出不少杂物，几米开外就能闻到刺鼻的恶臭。源源不断涌进来的污水，经曝气沉砂池、生化池、加药泵房、二沉池、高密度沉淀池以及消毒池等处理后，排放出来的水就清澈了。来到圆形二沉池边，他指着一池清水说："你无论如何也不会想到，经过多道工序处理过的污水，可以重新滋润大地，流入河道。"他又停了一下，对杨国慧说："刚到污水处理厂上班时，亲友说我的工作不体面，整天和污水打交道。其实他们并不知道，当我们将有害的污水处理成清水，是多么开心的事啊……"

站在污水处理厂的院子里，迎着暖风，感受着他曾经感受过的一切中的一瞬，就是这一瞬，让我真切体会到了我们平日挂在嘴上的艰苦。在我写这篇文章的时候，我已经回到了单位。那晚，我特意停下写作，坐在电脑桌前发呆，他们一个个人影排队似的在我眼前浮现，我给他们发了条信息："家人们，想你们。"

# 刺绣的女人

　　大风，扬尘。一大早乘车前往红寺堡文化馆。一路上，已显示出嫩绿色的柳枝条迎风飘摆，洋溢着浓烈的春的气息。车过城东，宽阔而整洁的观光大道充分展示着"中国葡萄酒第一镇"的富庶和气派。拔地而起的新大楼、整齐有序的新房子、宽阔平整的硬化路、精心规划的绿化带，处处散发着朝气。在文化馆门口，非遗刺绣传承人赵秀兰守望着，如同一棵挺拔的杨树。

　　从见到赵秀兰的第一眼起，就觉得她是一个干练、务实的人。一见面她就问我的来意和需要，在我一一回答后，她马上安排得井井有条，这更加印证了我对她的第一印象。可又从她一头乌黑的长发、复古风的刺绣旗袍的装扮上，觉得她除了干练温情，还有才情。在后面的采访接触中，还真是如此。

　　女人这个年纪，对有些人来说，就处于懈怠状态了，没有激情，但对于赵秀兰来说，好像她的人生才刚刚开始，每天迎着初升的太阳，觉得浑身有使不完的力气。

　　自从二〇一三年把刺绣店扩大为吴忠市红寺堡区秀兰刺绣传承福利有限公司，赵秀兰招收一批留守妇女、残疾妇女和下岗职工，将自己的技艺传授给她们，得到了社会各界的一致肯定和认可。她先后被评为全国农村科技致富女能手、宁夏第二届巾帼创业之星、宁夏首届刺绣文化重点创新人才，公司也先后被评为全国残疾人创意产业基地、自治区级优秀扶贫就业工坊。

和赵秀兰交谈时，她站在绣架前说："我的刺绣技艺，在全国不敢说，在宁夏是数一数二的！"看看她的表情，再看看她身旁的绣品和几位正跟她学艺的农村妇女，我感到她是底气十足的。她是红寺堡境内刺绣方面唯一的自治区级非物质文化遗产传承人，"赵氏刺绣"传到她这一代，已是第六代了。让我颇感惊奇的是，她一家六姐妹中，竟有三个姐妹是自治区级非遗传承人，这在宁夏是绝无仅有的，在全国也不多见。赵秀兰的姥姥和母亲都是当地的刺绣名人，十里八乡谁家有了喜事，就请她们绣嫁妆。在这种艺术氛围的熏陶下，赵秀兰七八岁时就开始学习刺绣了。经过母亲的精心指点，几个姐妹都成为刺绣好手。到了十几岁时，赵秀兰看见什么就能绣出什么，也把家里种的瓜果蔬菜绣了个遍。不仅如此，她还能自己设计图案，然后再照着图案绣出精美的绣品。

作为宁夏非物质文化遗产项目代表性传承人，这些年，赵秀兰用一双巧手不仅绣出了自己的创业梦，同时还帮助红寺堡区的妇女绣出了脱贫致富梦。得知这些情况后，我称赞她有情怀，她突然就激动起来，脸涨得通红，说："你知道吗？二〇〇五年我下岗了，那一晚上，我没有合上眼。"

二〇〇〇年，赵秀兰随当教师的丈夫从同心县红城水乡一起调到红寺堡区工作，但生活刚刚稳定下来，就面临机构改革。二〇〇五年，她下岗了，两万元买断了工龄，生活马上成为问题。她每天在家里转出转进，心焦、着急。于是她就出去找工作，但往往是满怀希望出去，带着失望而归。赵秀兰的爱人工资很低，两个孩子正在上初中，加之刚搬迁到红寺堡，连个住处都没有，一家四口人挤在租来的一间不足五十平方米的房间里，生活的重担压得他们一家喘不过气来，感觉自己快要崩溃了。

经过艰难抉择，她四处借钱租门面，开服装店以维持生计，但是服装店开了一段时间，不仅没有赚到钱，还赔得血本无归。面对生活的困境，赵秀兰一度很困惑、很苦恼、很彷徨。今后的出路在哪里？赵秀兰想到了自己从小就学会的刺绣，决定重拾这个技艺，以艺术谋生。但她又感到原有的技能不够用了。过去，母亲教她们绣的基本都是花鸟，没有绣过人物。而要以刺绣谋生，不但要扩大刺绣内容，而且要提高刺绣技艺。赵秀兰的想法，得到在老家中学当教师的三姐和在银川打工的四姐的支持。从此以后，三姐妹便带上各自新绣的作品，每个月在各家轮流聚会，切磋、探讨刺绣技艺。每次到一起，她们都是先看绣品，再互挑毛病，提出改进意见。为此，她们常常到废寝忘食的程度，有时从深夜探讨到天亮，还意犹未尽。经过一个时期的切磋，她们的绣品越来越多，水平越来越高，题材也越来越丰富。看见家里堆的绣品不断增多，赵秀兰的家人很不理解，"你绣这么多干什么？家里都放不下了！"自己的绣品，到底达到什么水平了？赵秀兰心里没底。

"当时好多人劝我改行，说不如干点别的。我觉得刺绣是一项传统技艺，如果失传了非常可惜，虽然创业很难，但我觉得有责任把这项技艺传承下去。"赵秀兰说，她总觉得大家终会认识到刺绣的价值。

为此，她将自己的刺绣作品带到服装店展出，引得很多人慕名前来参观。让她喜忧参半的是，凡是看过的人都啧啧称赞，但是一个月卖不出去一件，又让她忧心忡忡。只有走出红寺堡，自己的刺绣作品才有销路！而要让刺绣作品走向广阔的市场，很需要权威部门的认可。为此，三姐妹背着各自的"得意之作"来到银川。在自治区文化厅和自治区文化馆，她们均受到了热情的接待，紧张忐忑的心情也很快平复了。当她们将绣品在桌上摊开时，立即引来一片惊呼声。二〇〇八年，自治区文化馆免费提供场地，以"宁夏民间刺绣展"之名展出了三姐妹的一百多幅刺绣作品。这次展出的，不但有花鸟作品，而且有《西游记》《红楼梦》中的诸多人物，引起各界的关注和好评，赵秀兰的创作也进入成熟期。区内外举行相关活动，自治区、吴忠市和红寺堡区有关部门都邀请她参加并提供展品。宁夏首届旅游产品展示会，有关部门要求她提供展品。为此，她加班加点，夜以继日，手指磨烂了，打上胶带继续干，仅用一个月就完成了任务。最终，她的作品获得了金奖，也卖出了一万多元。这让她很兴奋。

　　宁夏吴忠市红寺堡区是我国目前最大的易地生态移民扶贫集中区，近二十年来，二十余万来自"苦瘠甲天下"的西海固地区的各族群众，陆续举家搬迁至此。文化融合、文化扶贫一直是当地政府着力较多的领域，宁夏移民博物馆在红寺堡建成后，当地文化部门专门为赵秀兰辟出一块区域免费供她做刺绣产品展示，前去参观的人都成了她的潜在客户。

　　"销路一下子就打开了，不仅北京、广州有客户订购，产品还通过互联网卖到了韩国、迪拜、毛里求斯等地。"赵秀兰说，在政府和社会各界的帮助下，她依靠传统手艺致了富，成立的公司年毛利润四百余万元，她个人还获评自治区级非遗传承人。

唐代大诗人孟郊诗云："愿为天下嫠，一使夜景清。"诗人的理想也正是赵秀兰的追求。为解决更多的残疾人就业，二〇一三年，赵秀兰创办了秀兰传承刺绣福利有限公司和赵秀兰刺绣培训基地，至今已培训残疾人和贫困妇女六千八百人次。她还走乡串户上门培训、指导，到学校讲解刺绣知识，自己垫付了几万元培训费用。

如何安置好残疾人的就业恐怕是近几年红寺堡区残联最为棘手的一个难题了，如何更好地帮助残疾人就业也让赵秀兰操尽了心。近年来，经过她的悉心传教，先后有五千人学会了刺绣，一百余人相继在赵秀兰刺绣培训基地解决了温饱，进而走上了脱贫致富路。而在这中间不知饱含着赵秀兰多少心血，流了多少汗。

这时，正在一旁刺绣的张馨放下针线，往我跟前凑了凑，说："你不知道啊，我身患先天性血管瘤和股骨头坏死，作为陪读妈妈和赵秀兰老师在同一个小区，有一次送孩子上学时，我接到素不相识的赵老师的邀约。当时赵老师说，你在家带孩子，要是有空闲时间可以跟我学刺绣，既不耽误看孩子，也能挣钱贴补家用。"张馨说她丈夫二〇一二年受工伤后干不了重活，家里日子非常艰难。于是，她便跟着赵秀兰学起了刺绣，家里就多了一份收入。

赵秀兰接过话茬说："张馨现在是我们的骨干，她参加宁夏残疾人技能大赛还得了一等奖。"赵秀兰说因为自己受过苦，所以看到别人苦的时候就忍不住想帮一把，在她公司像张馨这样长期就业的残疾人有十多位。

租住在罗山社区的肢体残疾人，年仅二十二岁的张燕因一场车祸被夺去了大腿。年纪轻轻的小姑娘自此就要拄着拐杖生活，以后那么漫长的岁月，她该如何度过啊？从悲痛中苏醒过来的张燕决定奋发图强，找一个适合自己的工作，先不说要挣多少钱，但起码得自己养活自己啊，毕竟父母不可能和自己生活一辈子。她首先想到的就是到文化馆找赵秀兰，赵秀兰问明了她的致残原因以及家里的经济状况后，不仅安排张燕到自己的刺绣公司上班，还联系残联免费给张燕安装了假肢。拿到上班通知书的那一刻，张燕喜极而泣，这下她不仅能生活自理，而且还找了一份好的工作，她发自内心地对赵秀兰充满了感激之情。

赵秀兰说她考虑最多的还是妇女就业问题。以前她们在赖以生存的土地上劳作一辈子，可能是有把力气，但现在她们年龄大了，没有什么技术，很多用人单位根本不考虑她们。但这些勤苦的女人，不想待在家里吃闲饭，她就把这些人招到公司，让她们有事可干。

在安置残疾人就业的问题上，赵秀兰是绞尽了脑汁。什么残疾程度适合做什么工作，那些在听力或是言语上不方便的残疾人能否和其他人进行正常的交流等等，赵秀兰在帮助残疾人安置刺绣工作的时候都要一一慎重考虑。

"她们的作品不管能不能卖出去，我都照单全收，只有挣钱了她们才有动力继续做。"赵秀兰说，她毫无保留地把赵氏刺绣之法传授给这些残疾妇女，免费提供刺绣所需原材料，并承诺所绣作品全部收购。

在赵秀兰工作室的墙上，挂满了她的作品，无论是人物肖像、花鸟虫鱼，还是静物风景，均栩栩如生。我放下这个，又拿起那个，爱不释手。

赵秀兰指着一些绣品说："现在随着生活质量的提高，有车族越来越多，他们开车出门都希望有吉祥物陪伴，我们就针对这一需求，制作了香包、荷包等挂件，很受欢迎。像'喜鹊登梅'的车挂，就非常受车主喜欢，订了一批又一批。你想不到吧？这件作品是我们社区六十八岁的老人马兰花的作品。"

目前，秀兰传承刺绣福利有限公司有三十多名妇女、残疾人现场加工刺绣产品，还有一部分人居家加工刺绣产品，由赵秀兰代理销售她们的产品。

秀兰传承刺绣福利有限公司的成立，一定程度上改善了红寺堡区农村妇女、残疾妇女的生活条件，促进和带动了社会经济的健康发展，对妇女增加收入和脱贫致富起着积极的推动作用。

# 堡上飞出金凤凰

　　村庄不动，水稻在动。摇摆的水稻用穗、用色彩托起了村貌。农民走过的水田里，嫩绿的秧苗像一块绿色的地毯。这看似轻飘的身体里装载了太多沉甸甸的希望，以至于谁也无法忽略和淡漠由它衍生出的那份深秋的喜悦。徐海侠就出生在这里。她的母亲在十八岁时嫁给了当时已三十六岁且好赌成性的父亲，经常遭受毒打之苦。一个哥哥、两个弟弟，再加上她，一家六口挤在一间三十多平方米的土房子里。当时家里唯一值钱的十七寸黑白电视机还让父亲卖了赌博。母亲手巧，白天打零工，晚上做小孩衣服，第二天徐海侠和哥哥拿到街上去卖，以此贴补家用。父亲嗜赌成性，万般无奈之下母亲选择了离婚。这个从小没有得到父爱的孩子怎样面对社会呢？幸亏她有勤劳坚强的母亲，担起了抚养他们的重任。母亲带着四个孩子起早贪黑地劳作，上山下地为生活忙碌，不怕苦，不怕难。徐海侠告诉自己"人最重要的是自己看得起自己，一定要过上好日子"。农村的夜晚，漆黑一团，徐海侠用嘴叼着手电筒，泡在水里插秧。忙到半夜，她挺着胸脯哼着小曲回家，尽管走在回家的路上，她发怵。回家后，她还要把屋子打扫得一尘不染。她说："我一定要过我想过的日子。"

　　二十二岁那年，她哼着那首《天上下雨地上流》走过大街小巷，从她的歌喉里飘出来的歌声是那样明亮清澈，似乎整个世界都是她的，她生命里的那个人也出现了。

她甩着羊角辫从理发店走出来，轻快地跨过黑土地，撩开河堤上密密的柳丝，走到野菊花迷离的河边等待着那个人。

"只要你给我当儿媳妇，我一定把你当作女儿疼，你从小没有得到过父爱，我就是你父亲。"徐海侠满眶泪水顺着眼角滚滚而下，湿了无声无息的冬夜。

## "这不是真的"

多少次梦里，徐海侠回到母亲身边，回到了高闸，回到了她一生最艰辛、最能干的时刻。随着哐啷的摔门声，徐海侠一骨碌从炕上爬起来，可是她又重重地倒下了。这已经是第二次手术了，丈夫、公公的耐性渐渐退去。冰冷的月亮还高挂在西天，在凛冽的寒风里，地上是薄薄的一片白光，不知是月光还是霜花。

结婚十五天后，徐海侠因为意外摔倒，再也站不起来了。她挂着双拐，话还没有说出来，眼泪先流了下来。声泪俱下，泣不成声。看到大夫开的诊断证明时，她的心咯噔了一下子。她站不起来了？她不相信，可当她一次又一次摔倒在地，她才意识到，完了，她最不愿意相信的事情现在无法质疑了。她坐在炕头上，朝着院子里的偏房望去，如今偌大的院子就她一个人，冷冷清清，想吃口热乎饭、喝杯水都困难重重。就在她伤心欲绝、万念俱灰的时候，大门咯吱一声响了，村上的妇联干部送来了吃的。徐海侠呆呆地看着女干部，眼中渐渐蒙上了泪光："谢谢你呀，谢谢你救了我的命，他们想让我自生自灭，是你给了我生活下去的希望，我要活着，我要好好活着。"徐海侠挣扎着给女干部鞠了躬。

## 初到红寺堡

"我是个残疾人，还离过婚，不要说创业，就是活命的粮食饭菜也没有地方弄呀！"回忆起往昔，徐海侠感叹道。

二〇〇三年的春天，在一个春暖花开、艳阳高照的日子，一个长得眉清目秀、白白净净的残疾人拄着双拐来到了红寺堡区，开始了她的重生之路。

她一瘸一拐地走走停停，没有方向，不知道自己要去哪里。循着冒出几缕青烟的烟囱，她才发现不远处有十几间平房。院子是用石块简单垒起来的，门口放着用树枝编的筐子。屋里面十分黑暗，没有什么特别的家具，借着闪动的煤油灯才不至于被随意摆放的东西绊倒。她的心冷了下来。亲娘呀，这就是开发中的红寺堡某某村？真是前不着村，后不着店，今后的日子可怎么过呀？就在这个村子里，借住在一处摇摇欲坠的房子里？种地？想想自己快要散架的骨头，想哭都哭不出声来。路边的流浪狗看着她，她看谁呢？沉默呀沉默，憋得她快要爆炸了。忽然她想起了母亲说的一句话："孩子，自己去找活路，自己去找饭吃。"对！自己找活路，兴许还能闯出一条活路来。

这个人不是别人，正是徐海侠。历经三次手术，胯部已去掉，右腿去掉了一根软骨，补在左腿上。即便这样，她的关节软得如同鸡蛋清一般，每走一步甚是吃力。

事业不是说出来的，是干出来的。通过好心人帮忙，徐海侠搭建了一间二十多平方米的"铁皮房"，中间用帘子隔开，一头住人，一头营业。徐海侠的"姐妹理发店"开业了。成年人理发两元，学生理发一元五角，她从早到晚不挪位置，只靠一把椅子支撑着她。

她靠着椅子，脸越来越红，一站就是一天。

闯吧！闯吧！闯到哪站算哪站，反正比饿死强，她内心的声音越来越大，意志越来越强。

随着客流量的增多，徐海侠的压力也随之而来。洗头、剪头，靠自己一人已忙不过来，她决定收几个学徒。她把这个想法告诉了很多顾客，得到了他们充分的支持，找学徒的事情就交给了顾客。徐海侠只提出一个要求，她只收困难单亲家庭，或者和她有类似经历的女孩。

一周之后，来了三个特殊的学徒，她们三个中有两个来自单亲家庭，有一个的父亲患有精神疾病。三个姑娘看着拄着拐杖的徐海侠，就像迷失方向的小鸟叽叽喳喳叫个不停。对她们来说，自己的家庭已经很不幸了，她们没有余力、没有义务再去同情眼前的残疾人。"姑娘们——"徐海侠一说话，她们都安静了下来，三双眼睛盯着她，她接着说，"不要因为家庭或者自身原因而放弃努力的机会，我虽然残疾，但我干的事情一些身体健全的人不一定能干出来。"徐海侠的眼圈红了，抬手抹掉溢出眼角的泪珠。

三个姑娘惊呆了，她们发自内心地高喊："往后，你就是我们的师傅，我们都听你的，师傅，你就领着大家干吧！"

三个姑娘紧紧地拥抱着她，那神情，那声音，那场面，显出几多悲壮。都说"人心齐，泰山移"。徐海侠，一个残疾人，能不能领着三个姑娘闯出一番天地来呢？

## 徐大姐的幸福生活

或许是一种天赋，或许是徐海侠深知抉择的艰难，她对发型的研究是有深度的，脸形、肤色、年龄，哪种职业配哪种发型，她会首先和顾客详细沟通，提出自己的见解，征询顾客的意见，往往还没开始理发，一份信任已经让顾客的心情开始愉悦了。干干净净的护衣缓慢展开，披在客人身上，还要在脖子上围一圈卷纸，防止细碎的头发钻进衣领里面。她依旧背靠着椅子，吃力却自信地用着她的工具，或剪，或推，或梳，准确地做出造型。学徒小风递来一把梳子，她费劲但又熟练地按住需要剪的头发，用理发器一划，一撮头发落下。小风又拿出一把银白色的剪刀，用同样的办法，她修剪细节，然后拿出一把沾满爽身粉的小刷子来回在顾客脖子后面刷着，她嘴角憋着劲，脸涨得通红，剩下的事情便交给几个姑娘完成了。

顾客躺在洗发椅子上，姑娘们将顾客的头发淋湿，涂上洗发液，洗干净，擦干，再将顾客送回座位，徐海侠用吹风机呼呼将顾客的头发吹干。全程她微笑着，时而用手背轻拭干裂的嘴唇上的头发。

徐海侠做生意很讲诚信，有个叫老七的顾客经常在家洗完头没吹干就匆匆出门，外面有点寒冷，他就顺路走到徐海侠的店里，让她帮忙吹干。那时他们还不认识，他一进门就跟她说只吹不洗，他付五元钱。可徐海侠只收三元钱。见她长时间靠着椅子站着，老七这才知道原来她是个残疾人。老七当时在红寺堡镇上帮姐姐卖西瓜，收入不是很高，但是腿脚方便，他同情徐海侠，就把她找零的两元钱又给了她。徐海侠说："就吹一下，收三元就够了！"老七比徐海侠小八岁，看着真诚善良的她，说啥也要娶回家。

老七带着前妻留下来的儿子和徐海侠组建了三口之家。次年，徐海侠又给老七生了一个健健康康的大胖小子，老七高兴得合不拢嘴，家里家外地操持着，勤快得很。

一个特殊机缘，老七执意把红寺堡的压砂瓜拉到海原、固原等地去卖，刨掉成本还要倒贴一部分钱，支持还是阻拦？老七热情度那么高，徐海侠就没有打击他的积极性。徐海侠想市场一旦打开，销量也好呢，做生意要往远看。哪承想老七在海原县城附近发生车祸，撞了人，家属开口要三十万元，徐海侠又是找银行贷款，又是四处借钱，还要安抚家属，忙得不可开交，马不停蹄心血焦。那正是八月酷暑，骄阳似火，儿子又在此时突发心脏病，需要送往西安做手术。徐海侠嘴唇起了一层血痂，说话喝水都有妨碍。

## 严酷残忍一笑而过

汽车在去医院的路上快速奔跑，车轮飞转，车外狂风呼啸。徐海侠依靠着车窗，沉默无语。时间到了这一刻显得很宝贵，生命活到这个时候感到很短暂。

车在武警医院外缓缓停下，徐海侠的母亲一直在大厅等消息。左顾右盼不见徐海侠出来，当她推开诊室的门，只看见老七眼睛湿漉漉的，便什么都明白了，轻声叹息道："唉，我苦命的娃，条件好了，你的腿还是好不了，命中注定的……"车又开了，车开哭声起，徐海侠看着悲痛欲绝的母亲和满脸悲伤的老七，两个孩子才上小学，家里还有一个七十八岁的婆婆，怎么能让她截肢？病来得太不是时候了。好不容易有了一个机会，她还想重操旧业，并且这个机会就攥在她徐海侠的手里，开理发店的事情千头万绪，正需要她一件一件去做，一个截肢就把她撂倒了。夺她的命，毁全家人的希望。不，她不甘心，她绝不能倒下。

吃过晚饭，徐海侠和老七来到了他们之前看好的营业房，徐海侠又把刚才的话讲了一遍。她看这看那，把她所想到的一件件事交代完，"等我出院，一定要把房子装修好，特别是操作间，一定要保证质量。"她望着刚粉刷完石灰的墙面说，几个工人一个劲地点头。

回到家已经晚上九点多了，老七将徐海侠摁坐在床边的凳子上，"你快坐，跑了一天脚又肿了吧？我给你打盆热水来泡泡。"说完，老七便将一盆热乎的洗脚水放到了床边。

"你跑前跑后都一天了，洗洗脚，放松一下吧。"徐海侠不好意思地说道。

"你跟我客气什么啊！来，脱下鞋，我给你捏捏脚。"说着老

211

七就为徐海侠脱鞋，徐海侠羞得满脸通红："别，天热，挺臭的，还是我来吧。这会儿也不疼了。"徐海侠挣扎着想自己洗。

"不行，好久没给你洗脚，手痒痒呢。"老七边说边三两下子脱去了徐海侠的鞋袜，将她一双秀气的脚浸到了水里。老七认真地给徐海侠洗脚，不时捏一捏穴位，徐海侠虽吃了这么多的苦，如今回到温暖的家里，心中一酸，就在这时，她看到老七头上生了白发，忍不住说："老七，你还不到四十岁呢，咋就有白发了？"

"海侠，这些年你受苦了。"老七刚说了一句就哆嗦了一下手腕，徐海侠连忙抓起他的手，撸起袖子，一块还没痊愈的伤疤映入眼帘。徐海侠盯着老七问："真是像别人偷偷告诉我的那样，你又去修房子挣钱了？"见老七没吭声，徐海侠的声音就大了起来："不是说好了，你暂时不找活吗？"

"海侠，我是个大老爷们，哪能啥都让你跑到前面呢？眼看你要做手术，别人都住楼房呢，我没事。"

"老七，你不要这么说，日子长着呢，别人有的咱们以后都会有的。"徐海侠见老七眼睛潮潮的，便降低了音量。

住进武警医院一周后，大夫说要给徐海侠做截肢手术，截掉左腿。有一位专家查完房又回到徐海侠住的病房，沉吟再三，对她说："你想好了吗？万一，我是说你有心理准备吗？"徐海侠摩挲着头发笑着说："一切都是最好的安排，您就做吧，无论什么结果我都接受。"

高位截肢是大手术，尽管打了全麻，但那种疼痛是可想而知的。当做完手术回到病房，麻醉效力完全退去，徐海侠疼得昏天暗地只想撞墙。住院二十天，徐海侠承受了巨大的精神压力和难以忍受的肉体痛苦，花去大笔治疗费用，家人饱受感情煎熬。

这一天，大夫拿着新的化验单，告诉徐海侠手术很成功，各项检查达标，右腿正常，后期继续做康复训练即可。徐海侠高兴地拉着大夫的手说："我可以出院吗？什么时候出院？"

大夫认真地说："明天就可以出院。"

徐海侠左腿装上假肢，右腿一直在坚持做康复训练，三个月后，能下地走路了。

## 腿断难挡带路人

她出院后先去看了看理发店，她拿着钥匙，打开门查看。墙面做得太粗糙，镜子装得有些高，洗发区的隔间太小。这哪行呢？千里之行始于足下，徐海侠重新开始，墙面贴壁纸，种无土花卉，烫染区对面如何装饰呢？徐海侠找了几家书店，终于在红寺堡区的新华书店找到了几本有关霍金、海伦·凯勒、凡·高、贝多芬、张海迪的书籍，她如获至宝，把这些书籍带到了理发店，庄重地放在柜子的正中。她深情凝望这些名人传记，觉得身上充满了力量。在这些灵魂导师的陪伴下艰苦创业，她自信不会迷失方向。

徐海侠态度明确，她要营造出温馨、规整、舒服的环境。她说："我要让每一位顾客走进姐妹理发店，就像回到了家。"

过了一段时间，徐海侠说："其实，我不想开理发店了。"老七看了一眼徐海侠，笑着说："理发也很累，那就别干了，我多跑几趟车，养活你们娘几个还是没有问题的。"

徐海侠深情又无助地望着他说："不是，我是想干个更有意义的，能帮助到像我这样的人群。"

老七看着徐海侠，就在一刹那，一个念头在他脑中升起："海侠，你干啥我都支持你，你要是不高兴，我就没有高兴下去的力气了。"

老七决定支持徐海侠，第二天他们就张贴了店铺转让信息。

弗洛姆曾说，身份不过是一种符号而已，像暖瓶、茶杯的符号，是一样的，符号的意义有其实用性，也有其虚荣性。对于大部分创业成功的人士来说，将此看作一种荣誉，且小心翼翼庇护，如同庇护某种利益。而真正的意义呢？真正的责任感和使命感呢？真正的独立人格呢？

徐海侠在创业成功后，看到红寺堡有太多的残疾人无心就业、无处就业、无钱创业，她毫不犹豫地转让了自己的理发店。

所有人都没想到徐海侠会转让理发店，会提前"退休"。她的理发店在红寺堡口碑相当好，她手艺精湛，而且年龄又不大，这让很多人不解。

居委会大妈很无奈地对社区书记说："有些做生意的你想让她走，她偏不走，像海侠这样干实事的，手艺又好，走到哪里都是宝，想留也留不住，唉，以后没有人免费给社区的老人们剪头了。"

徐海侠笑着说："我在这里干了十几年，从感情上说也真是舍不得，可是有一个群体更需要我，我要用余生的热量温暖他们。"

# 堡上飞出的金凤凰

世间美，如雪崖冰有一种和谐的美，如鱼戏水，轻柔自如；世间还有一种反差的美，如红梅吐艳。

"爱心洗车行"美不美？徐海侠美不美？美极了！在五十三个残疾员工的心里，她拥有世间最好看的容颜和最善良的心。

徐海侠呕心沥血积极争取红寺堡区委、区政府及各级残联的大力支持，筹集资金一百三十余万元，在二〇一七年，创办了占地两千余平方米的红寺堡区残疾人精准脱贫基地暨爱心同行洗车美容中心和海侠家政服务公司。

"有一分热发一分光，我会不断充实自己、充实生活，用真诚的爱心回馈社会，用诚挚的热心帮助他人！"徐海侠激动地说。如今，徐海侠在红寺堡区、利通区创办实体两处，吸纳五十多个残疾人就业。

一个腿脚不便的残疾小伙说："她比我妈妈还好，我不走，我哪里都不走，就待在这里。"我听后惊呆了，感到意外和震惊，我无论如何想象不到竟是这样的回答，徐海侠对于他而言是一个比自己妈妈都要珍贵的人。

她实在太普通了，就像红寺堡漫山遍野的黄花菜旁边的一根野草，为五十多个残疾人解决就业，还带动一部分残疾人艰苦创业，说的便是她。她为什么能有如此令人惊奇之举？

徐海侠这样描述她的孩子们！

"一棵幼苗拱出了地面，一直生长，居然把压在头上的一块石头顶起来！这些孩子就是幼苗，他们潜藏着很大的能量。"

徐海侠说她不容易，但这些残障人士更难。她说遇到难事的时候没办法，只能在半夜偷偷哭泣，还不能让老七察觉。她没办法将他们舍弃，有残疾人来，她依然会让他们留下，每月管吃管住并按时发放工资。

车行的员工都是红寺堡区的残疾人士，其中有些是家人看了报道后把他们送过来的。有的员工，徐海侠只收留，教他们洗车技术，学会后，如果想离开单独干，徐海侠也不强留，就这样，现在店里还留有十七名员工。

徐海侠是倔强的，这种倔强更多地源自其生命的坚韧以及其对每一个生命的理解与尊重，而这，足以证明她是一个大写的敢于担当的人！她用行动证明了灵魂的高贵，这并不和残疾与否关联。也许就是因为灵魂的高贵，她单薄的身躯走起路来才如此有力，她的笑容才永远是那么阳光自信！

红寺堡区委、区政府给予了徐海侠大力支持，现场解决了残疾人社会购买力服务资金十万元，人社部门帮助解决了三个公益性岗位，民政部门解决了十八人一年的米、面、油。残联在徐海侠洗车行举办家政服务及汽车美容美发培训班。这些既是对徐海侠自立自强为社会树形象、做贡献的大力支持，更是对徐海侠自强不息、敢作敢为的认可和赞美。徐海侠这个名字很美、很亲切，因为她就是堡上涅槃重生的金凤凰。

二〇二〇年五一劳动节前后，我再次去看望海侠姐姐和她的"爱心洗车行"，海侠姐姐给我讲了很多，还领我参观了员工宿舍。

之后想趁周末和海侠姐姐小聚一下，但总不赶巧，今天想起她，和她发了几条微信：

"干吗呢姐？"

"忙呢。"

"忙啥呢？"

"忙着给员工理发，忙着搞汽车美容培训和家政服务培训，忙着给各村两代及两代以上的残疾人健康体检。"

# 后　记

　　我的情况和很多作者的情况差不多，从小就生活在农村，一直到高中毕业，才到大城市西安上大学。大学毕业后，我又回到农村。那时在村里的小学、幼儿园待了几年，随后嫁到了红寺堡。散文集《玉米味的月光》写的是乡土题材，集子里的有些东西就是我在农村攒的，是农村的一种状态。我把创作的对象锁定在我熟悉的乡村小人物身上，尤其是农村的一些妇女，她们身上有超乎寻常的忍耐力。每一个农妇骨子里有对生活的美好向往，这种向往是温善的、纯洁的。我很早就喜欢文学，然后就慢慢写。记得第一次在报纸上发了一篇散文《善待生命》，那时我上初二。有些句子我现在还能背一两句，后来这篇散文竟然获奖了，在中宁县公安局一个关于安全题材的征文活动中荣获二等奖，然后有五十元稿费。当时学校的大喇叭喊我隔日去拿稿费，我特别不好意思，既兴奋又胆怯，激动得失眠了大半夜。凌晨五点起床，把柜子里的衣服翻了个遍，也找不到一件自己满意的衣服，后来我就偷偷地把我姐的衣服穿走了，她那时候刚从上海打工回来，穿的衣服都很时尚，而且颜色很明艳。

　　再后来我就在西安上了大学，选的护理专业我一点儿也不喜欢。我父母满心欢喜，父亲甚至都计划好让我毕业后去哪家医院实习。我那个时候上专业课总是漫不经心，班主任是西安本地人，讲着一口陕西话，他的解剖学我几乎不听，他很疑惑地问我，是他普通话的问题呢，还是学科的问题，为什么每次上课我总是无精打采？其实我当时也非常痛苦，晚自习结束，我总是一个人在操场上仰望星空，默默流泪，有好几次我拨通父亲的电话，我想告诉父亲，我回来补习一年，我保证考个好大学，选个自己喜欢的专业，可是往往电话那头传来父亲的声音时，我就张不开口了，家里两个学生，我哥也在西安上学，母亲眼睛几乎失明，父亲一人承担这些，我怎么能再徒增父亲的经济负担。这样想想，我便安心学习，后来竟然还当上了班里的学习委员，这也是我学生时代唯一的光环吧。当然，医学院也有很多有意思的事情，比如我们的解剖室。面对一具具尸体，我总是怀着好奇之心观察研究，想他（她）是怎么死的，生前经历了什么，怎么又到我们学校的解剖室……一堆的疑问，多年以后我才明白，其实这就是作家对生活的捕捉，对细微事物的敏感。毕业后我去了兰州，这段经历很心酸，多年后我将这段经历写成了散文《人在旅途》，在二〇二二年《延安文学》第三期发表了。

缪斯女神赐予每一个写作者一笔独特而又宝贵的财富，我只能说阅读为我们持续不断地写作提供了一种可能，阅读与写作的关系是如此紧密，每当我激情澎湃急于写出一点儿东西时，可能是我受到某一句话、某一个点的启示。而当我写不下去的时候我会停下来安安静静地读上几页书，读着读着我的思路似乎又清晰了，很多时候都是这样。就像余华所说，写作与阅读都是冷清的，当时就是这样的状态，就像海底激流一样，始终汹涌澎湃。对我来说，文学类的书籍是我阅读的主要门类，它几乎贯穿了我的整个阅读生涯，我把它视为主业，但是随着近几年工作环境的改变，我没有更多的时间阅读与写作。现实生存的困境，很多的言不由衷，我只能一边面对现实，一边忠于理想。

其实，文学于我有着救赎的意味。更重要的原因，在于我喜爱文学，写作让我有在草原和旷野驰骋的快感，海阔天空，自由奔放。有人认为，我的作品是忧伤的，也就是说，忧伤构成了我的文学的基调，甚至内核，而所谓的诗意则成了一种外在的形式。是的，我认可这后者的评价，因为与我的性格更为契合。如果说每个作家都有自己特殊的气质，那么，我就是忧伤的，这和我儿时的经历和际遇直接关联，与生俱来，融入血液。从小到大，甚至现在，我最怕什么？孤独。哲学家杜威有一句话："我在茫茫人海里感到孤独。"这句话，像一颗子弹从远方射来，嵌入我的大脑。我为什么选择文学，执着于写作，源头就在这里，就这么简单，并非什么担当和责任，不过情怀还是有的。几年前，《朔方》发表我的散文《玉米味的月光》，是我少年生活的真实回顾。我是含着泪写的，眼前充斥着的，恰恰就是忧伤和孤独，它们如影随形，拂之不去，乃至成为我写作的某种精神动力。在世俗生活中，我喜欢沉默，不愿意多说话，即便是非说不可，也尽量少说，这与气质无关，与经历有关。感谢文学，让我这样一个过早体验了孤独和忧伤的农村人，能够走上广阔的现实主义道路。

也许受年龄和人生阅历所限，我的解读和感悟还不够深刻，甚至显得有几分稚嫩，但对于我一直书写的题材和范围，算是一个开端、一种探索吧。一天时间不写，一天不读，我就会觉得这一天错失了什么。

面对生存和理想，很多东西总是在一言难尽当中，我只能在生命的低处，努力地绽放。

二〇二三年十一月二十五日

南书坊